렌즈 너머로 본 세상

사진기자 **강윤중**의

뭉클

사진기자 강윤중의 렌즈 너머로 본 세상
뭉클

초판 1쇄 인쇄 2020년 4월 1일
초판 1쇄 발행 2020년 4월 8일
초판 2쇄 발행 2020년 8월 20일
초판 3쇄 발행 2022년 5월 20일

지은이 강윤중
발행인 김석종
편집인 김석
책임편집 김영남
교 정 이지순
디자인 송근정
마케팅 김광영 02-3701-1325
인쇄 및 제본 OK P&C
발행처 ㈜경향신문사 출판등록 1961년 11월 20일(등록번호 제 2-79호)
주 소 서울 중구 정동길 3 경향플러스 콘텐츠팀 **대표전화** (02)3701-1114

값 15,500원
ISBN 979-11-88940-06-6 (03810)

이 도서의 국립중앙도서관 출판예정도서목록(CIP)은 서지정보유통지원시스템 홈페이지(http://seoji.nl.go.kr)와 국가자료종합목록 구축시스템(http://kolis-net.nl.go.kr)에서 이용하실 수 있습니다. (CIP제어번호 : CIP2020012930)

렌즈 너머로 본 세상

사진기자 **강윤중**의

뭉클

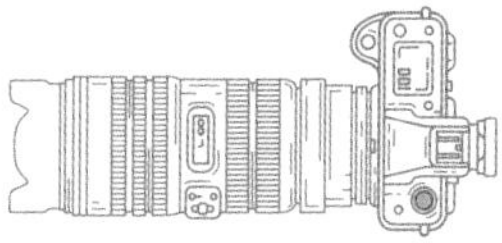

경향신문

'사진이 무엇을 할 수 있을까?'

밥벌이로 카메라를 들며 스스로에게 가장 많이 던져 온 질문입니다. 사진기자의 존재 이유를 묻는 것이며, 사진을 찍는 자의 가치관과 철학에 관한 물음이기도 합니다. 사실, 이 질문 앞에서 적극적으로 답을 찾으려 했다기보다, '잘될 것'이라는 막연한 낙관으로 십수 년의 세월을 버텨 왔습니다.

2014년 세월호 참사 이후, 낙관의 추는 비관으로 기울었습니다. '사진이 무엇을 할 수 있나?' 하는 질문에는 어떤 가능성이나 희망보다 짙은 무력감과 패배감이 담겼습니다. 참사 후 많은 사진기자들이 '기레기' 욕을 들으면서 가장 가까이에서 현장의 고통과 슬픔 그리고 분노를 담았습니다. 아무것도 바꿀 수 없었던 시간 속에서 '이 사진들이 도대체 무슨 소용인가'를 수없이 물어야 했습니다. 사진과 현장을 기록하는 자로서의 무능에 좌절했습니다. 긍정했던 나의 밥벌이가 절망에 가까워져 있다는 사실에 진저리를 쳤습니다.

입사 면접을 앞두고 중얼중얼 외던 문장이 떠오릅니다. "사진기자는 현장의 파수꾼으로 세상을 기록하는 사람입니다. 한 장의 사진이 세상을 바꿀 수 있다는 힘을 믿습니다." 돌아보면 꽤 오랜 시간 수많은 현장에서 카메라를 들었지만, 부조리한 세상을 바꾸는 단 한 장의 사진도 찍어 내지 못했습니다. 앞으로도 그럴 것 같습니다. 언젠가의 '한방'을 은근히 꿈꾸며 지내 온 날들을 부끄럽게 돌아봅니다.

'그럼, 사진은 내게 무엇일까?'

질문을 조금 바꾸었습니다. 사진이 견고한 '세상'이 아니라 '나'를 바라보게 합니다.

어느 날 메모리카드에 담긴 사진을 노트북에 띄워 놓고 쓸 만한 사진을 골라내던 중이었습니다. 빼곡히 들어앉은 사진들 사이에서 불순물처럼 끼어든 사진이 눈에 띕니다. 초점이 맞지도 않고 심지어 흔들린 땅바닥이 앵글 안에 들어와 있었습니다. 셔터가 잘못 눌린 사진입니다. 이런 사진이 시선을 붙들고 놓아주질 않습니다.

'이 사진 안에도 내가 들어있구나.'

내 의지로 찍지 않은 이런 사진조차도 카메라를 드는 일에 길들여진 몸과 마음의 습관이 스몄습니다. 들여다보고 있자니, 그 안에서 밥벌이의 수고로움과 쓸쓸함이 어른거렸습니다. 사진 속에 축적된 시간과 복잡다단했던 감정들이 일어나 말을 걸어옵니다. 그 과정에서 잔잔한 위안을 얻곤 했습니다.

쓸모가 없었거나, 신문 마감 이후 지워지고 잊혔을 그저 그런 사진들이 이야기를 입고 '어떤 사진'이 되었습니다. 이 사진과 글을 개인 블로그 <나이스가이의 사진이야기>에 쌓아 두었습니다. 2014년 이후의 글과 사진을 골라내고 다듬었습니다. 들쑥날쑥한 상념들이 사진에세이라는 펑퍼짐한 이름 아래 담겼습니다. 사진을 앞세운 에세이라 독자의 시선이 사진에 오래 머물렀으면 하는 바람입니다. 사진은 과거의 기록이지만, 들려주는 이야기는 늘 현재형입니다. 어떤 사진에서는 개인의 감각과 경험이 투영돼 다른 이야기가 들려올지도 모를 일입니다. 사진은 열려 있고 해석은 온전히 읽는 이의 몫입니다.

좋은 사진은 딸린 말과 글이 필요 없다는 걸 누구보다 잘 압니다. 사진이 모자라 글을 덧대고 글이 어설퍼 사진으로 메우지 않았나 하는 의심을 스스로 걷어 내지 못하고 있습니다. 그럼에도 직접 현장에서 부딪쳐 얻은 이미지와 문장은 모자랄지언정 온전히 나의 것이라는 사실에 의미를 두었습니다.

사진기자라는 직업을 가진 지 어느덧 20년이 되었습니다. 카메라 파인더는 세상을 바라보고 질문하고 생각하고 해석하는 창이었습니다. 그런 이유로 나의 부족함은 사진의 실패로 자주 증명이 되었습니다. 그럴 때마다 얻는 배움이 컸습니다. 이런 경험의 반복이 그래도 나를 좀 더 나은 기자, 나은 인간으로 만들어 오지 않았나 생각합니다. 카메라를 메고 현장을 누비는 한 나의 실패는 계속될 것이고, 그만큼 나는 좋은 사람이 될 것이라 믿으려 합니다.

연차가 쌓일수록 대상을 향해 카메라를 드는 일이 더 조심스러워집니다. '카메라는 어렵게 들어야 한다'고 다짐하면서도 마감에 대한 압박과 천성적 조바심에 그리하지 못해 상처가 되었을 분들, 성가신 셔터 소리를 감내해 주신 분들에게 감사와 더불어 송구함을 전합니다.

사랑을 채워 주는 가족과 든든한 힘이 되어 주는 경향신문 선후배 동료들과 출간의 기쁨을 나눕니다. 개인 블로그의 설익은 생각과 감정을 드러내는 것이 낯 뜨거워 쭈뼛거릴 때 용기를 주신 오광수 국장, 김영남 선배의 노고에 두 손 모읍니다.

디지털의 촘촘한 픽셀로 구성된 차가운 이미지가 종이책에 앉히면서 얼마간의 따스함을 얻는 것 같습니다. 책이 종이를 내주며 베어진 나무의 가치를 넘을 수 있을까 두렵습니다. 독자들께 작은 온기나마 전해질 수 있다면 책 낸 자의 큰 보람이겠습니다. 책으로 이어진 인연에 감사할 따름입니다.

_강윤중

목차

제2부
배철수 아저씨, 점점 멋있어지네요

제3부
여수 밤바다에서 무엇을 보았나요

제4부
그래도 "하쿠나 마타타"

제5부
사진이 말을 걸어온다

제1부

렌즈도 눈물을 흘린다

단원고등학교

아이들이었을까

한 무리의 새들이 날아올랐습니다.
새들은 하늘 위에서 빙글빙글 맴돌았습니다.
날아서 지나가지 않고 공중에 머물렀습니다.
왜 그 모습이 앵글 속으로 들어왔을까.
왜 그 시간에 그곳이었을까.
한 무리의 새들에 눈을 떼지 못했습니다.

이날 안산 단원고등학교에서는
세월호 참사 당시 2학년 생존 학생들의 졸업식이 열렸습니다.
행사가 열리던 그 시간에
새들이 학교 건물 위를 맴돌고 있었던 겁니다.
그렇게 잠시 머물렀고,
무리가 함께 어디론가 날아가 버렸습니다.

멍하니 하늘을 바라봅니다. 새들의 잔상이 남았습니다.
아이들이 새가 되었으면 좋겠다고 생각했습니다.
끔찍했던 그 바다가 아니라 하늘에서
훨훨 자유롭게 날았으면 좋겠다고 생각했습니다.

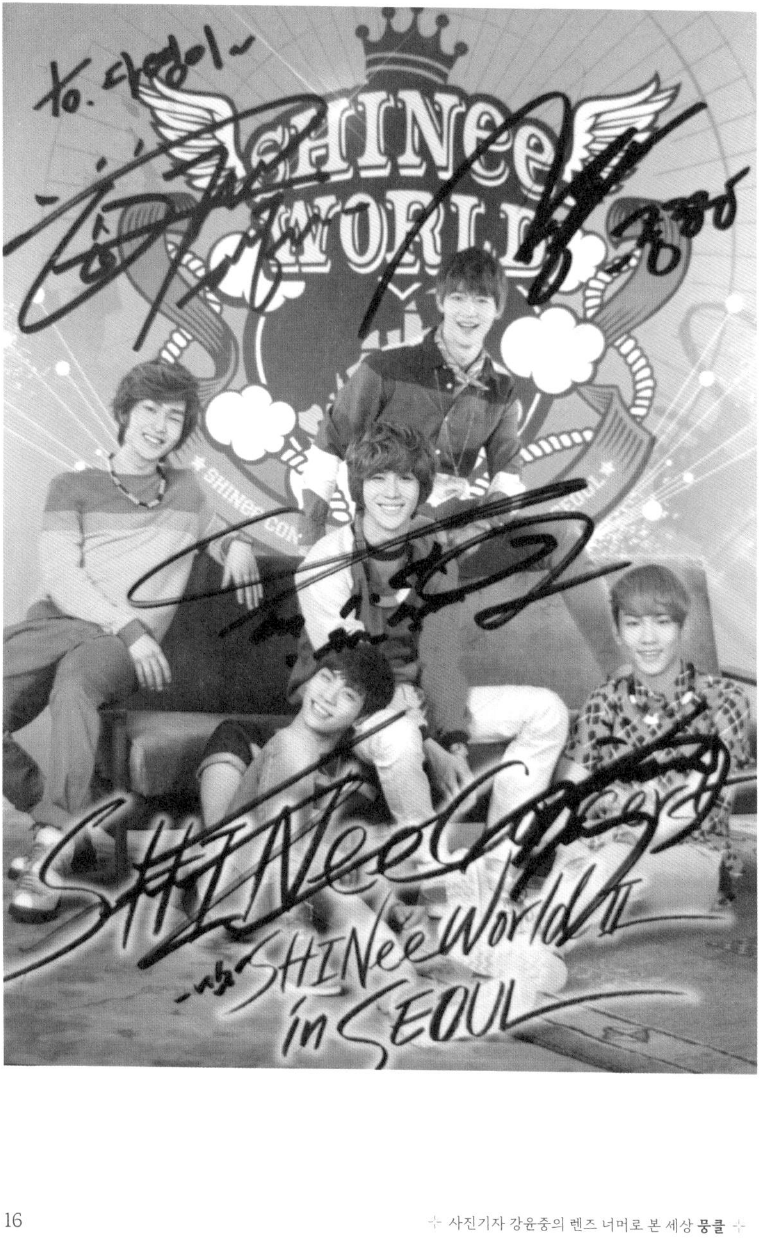
to. 다영이~
SHINee WORLD
SHINee World II
in SEOUL

어떤 생일 선물

세상에는 기록할 만한 가치가 있어도 이런저런 이유로 묻어야 하는 이야기들이 많습니다. 몇몇의 기억 속에서 존재하다 희미해지고 결국 사라질 일화를 혼자 곱씹다가 메모라도 남겨 두기로 했습니다.

세월호 참사와 관련된 사진다큐를 진행하던 중에 참사로 희생된 단원고 2학년 10반 다영이의 엄마와 연락하게 되었습니다. 엄마는 섭외에 어려움을 겪던 저에게 다영이의 같은 반 친구 엄마들의 연락처를 알려 주었습니다. 그리고 미안한 듯 물어 왔습니다.

"혹시 '샤이니' 사인을 받을 방법이 있을까요?"

다영이가 아이돌그룹 '샤이니'의 열성 팬이며 수학여행 가기 전에 공연을 보러 가기도 했고, 먼 훗날 샤이니의 디너쇼까지 보겠다고 할 정도로 좋아했다고 덧붙였습니다. 엄마는 다영이의 남겨진 짐을 정리하다 한 박스가 넘는 샤이니 관련 자료들을 보면서 상자를 들고 '기획사에 찾아가 사인을 받아와야겠다'는 생각도 했습니다. 실행에 옮기지는 못했습니다.

다영이의 생일을 일주일쯤 앞두고 엄마는 사랑하는 딸에게 무언가 특별한 것을 해 주고 싶었습니다. 전화로 전해지는 간절함에 저는 덥석 사인을 받아 드리겠다고 약속했습니다. 엄마는 딸의 생일에 샤이니의 사인을 들고 추모공원을 찾아갈 방법을 고민하다 저에게 물었던

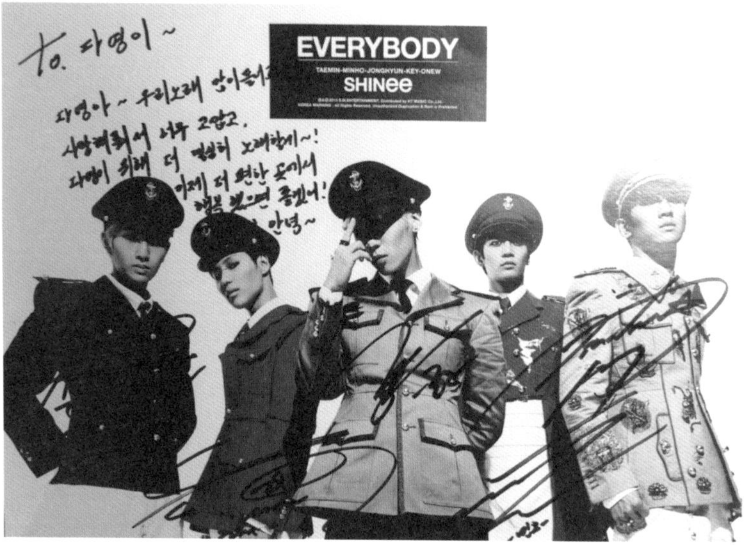

겁니다. 그 목소리에는 벌써부터 눈물이 배었습니다.

한 매체에서 가요 담당 기자를 오래 한 친구에게 사연을 얘기하고 부탁을 했습니다. 이는 곧 기획사를 통해 샤이니 멤버들에게 전달됐고, 다시 그 역순으로 사흘 만에 두툼한 서류 봉투가 제 손에 들어왔습니다. 샤이니의 사인 CD와 사진이 든 내용물을 확인하며 뭉클했습니다.

다영이를 추모하는 글이 적혀 있더군요. 바쁜 스케줄에 시간을 내 사인을 하고 글을 적는 모습을 그려 보았습니다. 일거수일투족이 기사가 되는 아이돌인데 이는 어떤 곳에서도 기사화되지 않았습니다. 멤버들이 기획사에 그리 부탁했다고 전해 들었습니다. 저 역시 함구

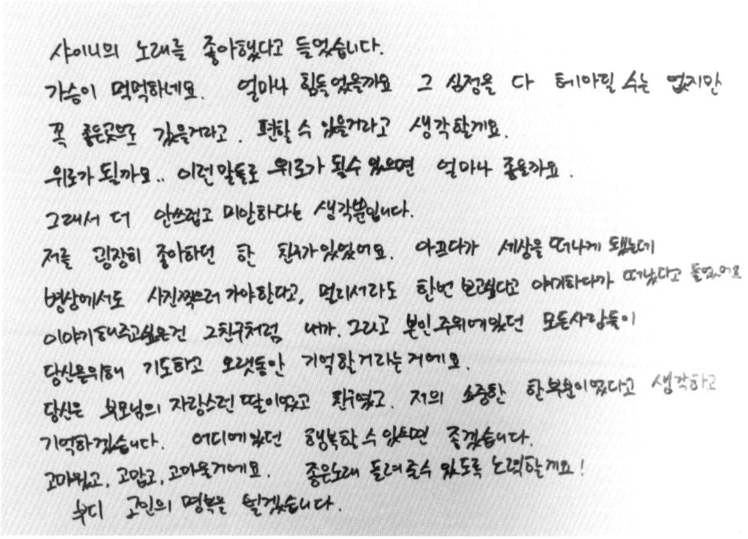
샤이니의 노래를 좋아했다고 들었습니다.
가슴이 먹먹하네요. 얼마나 힘들었을까요 그 심정을 다 헤아릴 수는 없지만
꼭 좋은곳으로 갔을거라고. 편할 수 있을거라고 생각할게요.
위로가 될까요.. 이런 말들로 위로가 될수 있으면 얼마나 좋을까요.
그래서 더 안쓰럽고 미안하다는 생각뿐입니다.
저를 굉장히 좋아하던 한 친구가 있었어요. 아프다가 세상을 떠나게 됐는데
병상에서도 사진찍으러 가야한다고, 멀리서라도 한번 보고싶다고 얘기하다가 떠났다고 들었어요
이야기해주고싶은건 그친구처럼 내가. 그리고 본인 주위에 있던 모든사람들이
당신을위해 기도하고 오랫동안 기억할거라는 거에요.
당신은 부모님의 자랑스런 딸이었고 친구였고. 저의 소중한 팬분이었다고 생각하고
기억하겠습니다. 어디에 있던 행복할 수 있으면 좋겠습니다.
고마웠고, 고맙고, 고마울거에요. 좋은노래 들려줄수 있도록 노력할게요!
부디 고인의 명복을 빌겠습니다.

할 수밖에 없었습니다. 추모는 그런 것이라 생각했습니다. 샤이니 멤버들의 마음 씀씀이가 더 멋져 보였습니다.

사인을 받았다며 제가 보낸 문자에 엄마는 펑펑 울었다고 다영이 아빠가 얘기해 주었습니다. 그리고 며칠 뒤, 다영이의 생일에 엄마의 문자를 받았습니다.

"샤이니 사인을 들고 추모공원으로 가고 있습니다."

문자에 눈물이 솟았습니다. 다영이가 무척 좋아했겠지요.

'고마워요. 샤이니.'

당신이 가난을 알아?

집 가까이 '백사마을'이 있습니다. 서울의 '마지막 달동네'라고 오래전부터 불렸던 곳입니다. 자주 다녔습니다. 미로 같은 골목을 계획 없이 걷는 게 좋았습니다. 골목이 주는 위안이 있습니다. 골목을 뛰며 놀던 어릴 적 추억이 소환되기 때문입니다.

2005년에 '달동네 골목골목 꿈이 익는다'라는 다소 희망적인 제목의 다큐기사를 지면에 실었습니다. 고단한 삶들이 고여 있는 곳이지만 골목마다 흐르는 아이들의 웃음이 혈관에 흐르는 맑은 피처럼 느껴졌습니다. 그때 기사의 마지막은 이랬습니다.

"중계동 산104번지에는 여느 해바라기보다 고개를 더 길게 빼고 있는 해바라기를 곳곳에서 볼 수 있다. '달'동네의 '해'바라기는 고단한 삶을 살아가는 주민들이 심은 꿈이 아닐까."

그때만 해도 마을에는 주민이 많았습니다. 13년이 흘렀습니다. 오랜만에 백사마을을 걸었습니다. 그동안 많이들 떠나갔습니다. 사람의 체온이 빠져나간 집은 곧 폐가가 되었습니다.

서울의 끝자락인 이곳에서 어디로들 흩어져 갔을까. 아이들이 모여 딱지놀이를 하던 오르막길 작은 구멍가게는 공인중개사 사무실로 바뀌었습니다. 그때 아이들은 어디로 떠나갔을까. 십여 년의 세월이면 이제 성인이 되었을 테지요.

13년 전 사진에 담았던 구멍가게, 백구가 쳐다보고 있던 지붕과 아이들이 뛰며 놀던 골목과 건너편 아파트 옥상에서 다리가 떨려 엉거주춤 서서 찍던 야경의 기억을 더듬어 되도록 같은 위치에서 비슷한 앵글로 카메라에 담았습니다. 사람이 떠나간 공간을 비교해 보여 주고 싶었습니다.

사진을 찍고 글을 쓰면서 '가난'이라는 것을 보여 주고, 또 말하는 것에 조심해야 한다는 것을 염두에 두었습니다. '가난해도 정답던…그들은 다 어디로 갔을까?'라는 제목으로 2018년 백사마을 기사가 포토다큐 지면에 게재됐습니다. 온라인으로 먼저 나간 기사에 즉시 댓글이 하나 붙었습니다.

"가난해도 정답다? 당신이 가난을 알아? 실제 가난한 것이 얼마나 비통한지를…바보네."

'바보'가 되었습니다. "없이 살아도 정붙이고 살았다"는 마을 주민의 얘기에 편집자가 뽑은 제목이었고, 저도 제목에 별다른 거부감이 없었습니다. '가난해도 정답다'는 건 가난을 경험하지 못한 이들이 쉽게 쓰는 상투적 표현이었다는 것을 뒤늦게 눈치챘습니다. 세심하지 못했습니다. 누군가는 쉽게 보아 넘길 수 없는 '거북하고 화나는 문장'일 수 있겠다는 걸 '바보'가 된 뒤에 깨닫습니다.

알지 못하면서 찍고 써야 한다는 것은 늘 두려운 일입니다.

Coca-Cola
불가리스
03

REAL ESTATE
공인중개사

사과 두 자루

“수확을 앞두고 태풍 피해를 입은 농민의 안타까운 심정을 사진으로 표현해 볼 수 있을까?” 사진부장은 전화로 조심스럽게 의견을 물었지만 사실상 ‘지시’였습니다. 저는 사흘째 태풍 피해를 쫓아다니고 있었고, 사과 산지로 유명한 충남 예산에 들어서는 길이었습니다.

지시하는 입장에서도 사진으로 표현이 된다면 얼마나 좋겠나 하는 마음이지 ‘그런 사진을 찍어 봐’라고 밀어붙일 수도 없습니다. 수확을 앞두고 큰 피해를 입어 허망해진 농민의 심정을 담은 사진을 상상하는 부서장의 마음은 이해하지만, 현장에서는 참 곤혹스럽습니다.

한때 ‘망연자실 사진’이라 불리는 정형화된 사진이 유행했습니다. 낙담하고 시름에 잠긴 이의 모습을 드러내려 할 때 정답처럼 찍던 사진입니다. 가령, 값이 폭락한 농산물 앞 농민은 언제나 근심 가득한 표정으로 담배를 문 채 한숨 같은 긴 연기를 뱉어 냅니다. 낙담의 현장마다 ‘망연자실’의 당사자들은 낙담의 대상물을 곁에 두고 담배를 피워 뭅니다.

있을 법한 상황이지만 카메라를 들이대고 기다린다고 만날 수 있는 장면은 아닙니다. 연출 사진이라는 의심을 받기 십상입니다. 이런 진부한 이미지가 제일 먼저 머릿속에 자리 잡는 이유를 모르겠습니다.

길가에 울타리 없는 농장에는 태풍을 맞은 사과들이 땅바닥에 나뒹굴고 있었습니다. 바닥 높이로 낮춘 앵글 속으로 떨어진 사과를 불러들였습니다. 빨갛게 익다 만 사과 한 쪽이 썩어 갑니다. 농부의 시선도, 낙담한 표정도, 한숨 같은 담배 연기도 없지만 '허망함'을 헤아려 보려 했습니다. 이 낙과 사진이 '농부의 심정'을 드러낼 순 없을까. 누군가는 이 사진으로 참담한 농심을 읽어 내지 않을까. 질문들이 엉길 때 농장 너머에서 인기척이 들려왔습니다.

농장 주인인 노부부는 병원에 가려고 나서던 참이었습니다. 태풍 피해 취재 온 사진기자라 소개하며 안타까움을 전했습니다.

"상심이 크시겠습니다."

"어쩌겠시유~ 허허허."

인력으로 어찌할 수 없는 부분에 대한 쿨한 인정이었습니다. 머릿속의 '망연자실'이란 단어는 민망한 듯 내빼고 말았습니다.

"어르신, 낙과 사과 한 상자만 사 갈게요."

"떨어진 건 못 먹어요. 맛없어 팔지도 못해요."

앞마당 트럭에 실린 플라스틱 바구니에는 태풍이 지나간 뒤에 딴 사과가 가득했습니다.

노부부가 작은 자루에 사과를 부지런히 옮겨 담았습니다.

"이거 들고 가서 맛보세요."

"그냥 들고 가면 저 회사에서 잘립니다."

분위기를 파악하고 선을 그었습니다. 몇 차례 승강이 끝에 노부부는 적절한 값의 절반쯤 될 것 같은 돈을 마지못해 받았습니다. 할아버

지는 외발수레를 끌고 두 자루의 사과를 취재차량 트렁크에 실어 주셨습니다.

뭘 하려고 왔는지도 까맣게 잊은 채 차에 올랐습니다. “만사형통하세요”라는 실로 오랜만에 듣는 할머니의 덕담을 뒤로하고 농장을 떠났습니다.

사과 두 자루를 싣고 서울로 향하는 길, 노부부의 정에 가슴이 따뜻해졌습니다.

사람만 한 우럭

낚시꾼들이 부산 기장군 앞바다에 배를 띄우고 고기를 낚고 있습니다. 뒤로 옅은 안개에 싸인 고리 원자력발전소가 보입니다. 낚시꾼과 어민들의 배들이 수시로 원전 앞바다로 향했습니다. 방파제 위에서 낚싯대를 드리운 이들도 많았습니다.

주변에는 먹고 잔 흔적들이 즐비했지요. 고리 1호기 폐쇄에 맞춰 출장 준비를 하는 저에게 옆자리 후배가 불쑥 던진 말이 떠올랐습니다.

“원전 앞바다에 사람만 한 우럭이 잡힌다던데요.”

원전에서 데워진 물이 바다로 흘러들기 때문이라는 겁니다. ‘사람 크기의 우럭이라니….’ 들었을 때는 웃어넘겼던 풍문 같은 말이 좀 궁금해졌습니다. 따뜻한 원전 앞바다가 고기가 잘 자랄 환경이라는 말인지, 방사능에 의한 돌연변이 생물체의 출현을 걱정하는 말인지, 그냥 웃자고 하는 소리인지 분간할 수 없었습니다. 몰려든 낚시꾼들을 보아하니 고기가 많은 건 확실해 보였습니다.

다음 날, 고리원자력본부에서는 ‘고리 1호기 영구정지 선포식’이 진행됐습니다. 안내 직원들이 거듭 강조하는 ‘보안시설’에다가 대통령이 직접 참석하는 행사라 까다로운 입장 절차를 밟았습니다. 멀찍이 있는 중계 카메라 뒤에 자리를 잡고 행사가 시작되기를 기다렸습니다. 곳곳에 행사 진행을 맡은 원전 직원들이 서 있었습니다. 문득 ‘그 큰 우럭’이 생각났습니다. 가까이에 있는 직원에게 물었습니다.

“여기 앞바다에 정말 사람만 한 우럭이 있습니까?”

웃으며 가볍게 물었는데 그 직원은 적잖이 당황한 모양이었습니다. 3초쯤 되는 그 짧은 순간에 깊은 고민을 한 표정으로 제게 답을 했습니다.

“제가 답해 드릴 사안이 아닙니다.”

질문의 의미를 너무 복잡하게 계산했던 걸까요, '1급 보안시설' 직원의 노련함이었다 해야 할까요. "에이, 그런 거 없어요" 정도로 퉁 쳤어도 됐을 텐데 말입니다. 약간의 장난기로 같이 웃어 보자고 던진 물음이었는데 궁금증이 더 커져 버렸습니다.

2011년 후쿠시마 사고 이후 원전은 완전히 다르게 보입니다. 원전을 배경으로 한 낚싯배 사진이 긴장을 유발하는 것도 그런 이유입니다. 한편 국내 첫 원전인 고리 1호기의 영원한 퇴장과 안전한 낚시라는 정반대의 메시지로 읽힐 수도 있겠다 싶습니다.

사진을 보다가 또 하나 궁금해진 것이 있습니다. 저 낚시꾼들은 고기를 잡아 회를 쳐서 먹을 생각일까요, 그저 짜릿한 손맛을 보고자 하는 걸까요.

You're Fired!
TRUMP, YOU ARE FIRED FROM PRESIDENT
My Neighbors Are Pakistani I Will Defend and Protect Them With My Life!
US EMBASSY, MUST NOT TO ABIDE BY MAD GUY'S UNJUST DECREE !
경 찰

난민을 바라보는 우리의 자세

1인 시위를 하겠다고 알려 온 이집트 국적의 이마드가 주한 미국 대사관 앞에 엉거주춤 섰습니다. 무전기를 든 사복경찰이 즉시 다가와 길 건너 광화문광장으로 가라고 합니다. 이마드가 왜 대사관 앞에서 시위를 못 하게 하는지 거듭 물었지만 답해 주는 이는 없습니다. 결국 이마드는 대사관 옆길 건너 KT 건물 앞 인도에 자리를 잡았습니다. 그리고 준비해 온 손팻말을 꺼냈습니다.

팻말에는 미국 트럼프 정부의 난민 정책을 항의하는 내용이 쓰여 있었지만, 궁극적으로 그가 말하려는 것은 납득할 수 없는 대한민국의 난민 정책이었습니다. 그는 난민입니다. 이마드는 기독교 분파인 콥트교 신자로 자국에서 종교적 박해를 받다가 2007년 태국으로 도피했고, 2012년에 한국으로 들어왔습니다.

한국에서 3차례 난민 신청을 했지만 모두 기각됐습니다. 박해를 증명할 서류가 없다는 이유입니다. 행정법원에 소송을 제기해 출국이 몇 달 유예된 상태에서 절박한 마음에 1인 시위에 나섰습니다. 자신의 처지에 대한 감정들에 북받쳤던지 얼굴에는 금세 눈물 자국이 그어졌습니다. 바로 그때 몇 걸음 떨어져 있던 사복경찰이 무전기를 잡았습니다. 저쪽 무전에서 신상을 물었던 모양입니다. 경찰의 답은 짧고 명료했습니다.

"이집트놈."

네 음절의 단어가 너무 또렷해 고개를 돌려 경찰을 바라봤습니다. 이마드는 듣지 못한 모양입니다. 우리말이 서툰 그지만 한국 생활 4년이면 '놈'이라는 말은 알아듣지 않겠습니까. '이집트놈'이라는 말이 가시처럼 걸렸습니다. 간단하고 쉽게 내뱉는 이런 말에 사회적 약자를 대하는 시선과 태도가 그대로 녹아 있지요.

별다른 악의도 문제의식도 없이 던졌을 경찰의 외마디 말이 곧 우리의 모습이자 이 사회의 거울이라 느꼈습니다. 이런 태도가 난민 정책에도 그대로 반영되고 있지 않겠습니까.

1인 시위를 마친 이마드는 제게 다가와 이름을 물었습니다. 서툴게 제 이름을 따라 발음해 보며 "고맙습니다"라고 몇 번이나 인사를 했습니다. 한 손은 자신의 가슴에 얹고 다른 손으로 악수를 청해 왔습니다.

난민 인정을 거부하는 나라에서 한 언론의 관심에 눈물까지 글썽입니다. 나날이 절망인데 아주 작은 희망이라도 그렸을까요. 옅은 미소를 띤 채 돌아서는 그에게 미안하고 안타까운 마음이었습니다.

Promulguen una Ley Especial
a la Verdad de la
진상규명!
정하라!
유가족
철저한 진상규명!
특별법을 제정하
찢고
저희를 닭에 비유
닭 모가지를

증명해야 하는 슬픔

광화문광장에서 36일째 단식을 이어 가던 세월호 참사 희생자 가족 '유민 아빠' 김영오 씨가 앙상한 팔을 걷어 보이고 허리둘레의 두 배쯤 커져 버린 바지춤을 당겨 흔들어 보였습니다. 그의 단식에 한 정치인은 "제대로 된 단식이면 실려 갔을 것"이라고 비아냥거렸습니다.

딸을 잃은 아비의 슬픔을 의심하는 세상입니다. 목숨을 건 단식의 진정성을 스스로 증명해야 하는 현실이 참 잔인하다 느껴졌습니다. 유민 아빠는 나뭇가지 같은 위태한 몸을 드러내 보이고, 딸과 주고받았던 문자메시지에 통장까지 공개했습니다.

우리 사회 일부에서 자행되는 무례하고 무책임한 발언과 가학적인 의심을 보며 무엇이 이들을 악마로 만들었을까 생각했습니다. 최소한의 인간성도 상실된 이들에게 절망하다가도, 참사의 진상이 규명되고 비극이 되풀이되지 않기를 바라며 동조 단식에 기꺼이 나선 시민들에게서 다시 희망을 쥐어 보게 됩니다.

목숨 건 단식농성에 '아빠'라는 이유 말고 무엇이 더 필요합니까.

막대사탕과 폭행

헌정사상 처음으로 대통령이 파면됐습니다.

이날 저는 헌법재판소 인근 안국동 거리에서 선고를 지켜보는 세월호 유가족들 앞에 서 있었습니다. 이정미 헌재소장 권한대행의 목소리가 무대 위에 설치된 화면에서 흘러나왔지만 잘 들리지는 않았습니다. 휴대폰을 통해 생방송을 지켜보는 세월호 가족과 주위에 모인 시민들의 표정으로 선고 상황을 짐작했습니다.

처음 환호로 시작한 재판 선고가 탄식과 함께 무겁게 변해 갔습니다. 가슴이 내려앉았습니다. "세월호"라는 단어가 스피커에서 간간이 들려왔고 유가족들은 무릎에 얼굴을 묻었습니다. '기각인가?' 이어진 선고 결정문에서는 문장마다 환호가 터졌습니다. 그 속에서 비교적 또렷하게 이 재판관의 목소리가 들려왔습니다.

"피청구인 대통령 박근혜를 파면한다."

얼싸안은 시민들과 세월호 가족을 카메라에 담으며 뭉클했습니다. 청와대를 향해 행진하는 시민들을 따라가며 마주치는 사진기자 선후배들이 서로 그간의 수고를 격려했습니다. 걷던 중에 기자들이 폭행을 당했다는 소식을 들었습니다. 헌재가 탄핵을 인용하는 순간 탄핵 반대 집회 참가자들이 기자들을 향해 무차별 폭행을 시작했다는 겁니다.

사진기자들은 가장 가까운 공격의 대상이었습니다. 기자를 골라서 폭행을 가했다고 하니, 카메라를 든 사진기자는 명확한 공격 표적이

나눔문화

됐습니다. 철제 사다리와 쇠파이프를 휘두르기도 했습니다. 동료 기자들이 찍히고 밟혔습니다. 그 자리에 있었다면 저 역시 폭행의 대상이 됐을 테지요. 도대체 폭력으로 얻을 수 있는 것이 무엇일까.

이제 막 비정상 권력을 촛불의 힘으로 걷어 내는 성취를 맛보았습니다. 외신들도 일제히 수준 높은 한국의 시민의식, 평화적 시위, 민주주의의 모범에 찬사를 보냈습니다. 하지만 한쪽에서는 광기의 배설이 노골적입니다. 그 대상이 누구든 어떤 경우에도 용납되어서는 안 될 일입니다. 폭력을 익숙한 수단과 방법으로 사용하는 이들은 적폐에 속한 사람들입니다.

탄핵 인용으로 차벽 너머에서 기자들이 폭행당하던 바로 그 시간, 저는 한 촛불시민이 가까이 있는 기자들에게 나눠 주는 막대사탕을 하나 받아들었습니다. 그 역시 카메라를 들고 있어 기자임이 분명한 이들에게 사탕을 돌렸습니다.

"이제 탄핵이 되었으니 달달하게 마무리해요."

'막대사탕과 폭행.'

간극이 무척이나 큰 두 단어에 이 시대를 기록하는 사진기자의 달콤하고도 씁쓸한 현실이 들어 있습니다.

미세먼지보다 지긋지긋한

먼저 고백부터 해야겠습니다. 저는 한국 사회에서 여성으로 살아가는 일의 고단함을 잘 알지 못합니다. 일상 속에서의 차별과 폭력, 공포와 두려움, 좌절과 분노를 짐작하지 못합니다.

세계 여성의 날을 맞아 전국 곳곳에서 다양한 행사가 열렸습니다. 이날 '한국여성의전화'는 서울 세종로 네거리를 지나는 여성들에게 '노란 장미'를 나눠 줬습니다. 장미는 '여성의 존엄성'과 '여성의 날'의 상징으로, 노란색 장미는 여기에 '희망' '기대' '가능성'이라는 의미를 더했습니다.

광화문광장에서 열린 여성의 날 기념 집회에서는 채용과 임금에서의 성차별 등 여성들에게는 시급하고, 남성들에게는 여전히 무딘 의제들이 수없이 나열됐습니다. 저를 포함한 이 나라 남성들에게는 쉽게 감각되지 않는 의제들이었습니다.

자신의 의지와 상관없이 갖게 된 정체성이 혐오와 차별의 근거가 되어서는 안 된다는 것은 상식 위의 상식입니다. 여성이라는 이유로, 장애인이라는 이유로, 성소수자라는 이유로, 국적이 다르다는 이유 등으로 말이지요.

극심한 미세먼지가 걷혀서 모처럼 맑았던 세계 여성의 날에 한 직장 여성이 든 손팻말이 눈길을 끌었습니다.

"미세먼지보다 더 지긋지긋한 성희롱 STOP."

슬픈 사자를 보았다

'동물원에 동물이 있다'라는 건 하나 마나 한 말입니다. 하지만 '동물원에 동물이 갇혔다'고 하면 얘기가 달라집니다. 한때 '갇힌 동물'을 소재로 사진작업을 해 보면 어떨까, 하고 혼자 궁리한 적이 있었습니다. 곧 잊고 말았지만요.

'동물의 감정노동'에 대한 기획기사에 맞춤한 사진을 찍기 위해 동물원을 찾았습니다. 아이도 어른도 재밌어하는 곳이 동물원입니다만, 기사에 맞는 사진을 찍기 위해 시각의 전환이 필요했습니다. '자유를 박탈당한 동물' '생태와 습성이 존중되지 않는 환경'을 염두에 두고 구경이 아니라 관찰의 태도를 유지했습니다.

"잘 봐~" 주위를 주목시킨 한 남성이 철조망 안에 있는 원숭이를 향해 과자를 던집니다. 원숭이가 철망 사이로 손을 내밀어 과자를 멋지게 낚아챕니다. 일행의 여성들이 재밌고 신기하다며 박수를 칩니다. 신이 났던 이 남성은 이번엔 원숭이에게 과자를 던져 주는 척하다 말고 다시 던지는 동작을 취하다 말았습니다. 속이는 시늉을 대여섯 차례 반복했습니다. 원숭이는 과자의 낙하지점을 예측해 고개를 돌리며 매번 속아 넘어갔습니다. 일행과 주변의 구경꾼들이 깔깔대며 웃었고, 우쭐해진 남성이 따라 웃었습니다. 사람들의 웃음이 터지는 동시에 "퉷~" 하고 원숭이가 남성에게 침을 뱉었습니다. 순식간에 일어난 일이었습니다. 놀란 남성이 얼굴과 옷에 뭐가 튀었는지 재빨리 닦고 살피며 큰 동작으로 털어 냈습니다.

'과자 쪼가리 갖고 날 놀리지 마라.' 원숭이가 감정을 드러냈습니다. 원숭이의 강력한 경고였습니다. 예전 같으면 그냥 웃고 말았을 일일 텐데 낯설지만 원숭이의 입장에 서 보았습니다. 원숭이가 받았을 모욕과 스트레스를 짐작했습니다.

가까운 우리에는 사자 한 쌍이 늘어져 누워 있습니다.

"쟤네 정말 편하게 자네."

지나는 사람마다 미소 지은 채 한마디씩 던집니다.

"사자야 일어나~ 어서 일어나~"

호기심 많은 아이들이 유리벽을 두드립니다. 야행성인 사자는 낮에도 잠을 잘 수가 없습니다.

잠에서 깬 사자는 사육사가 던져 준 생닭을 순식간에 뜯은 뒤 '밥값은 해야 한다'는 듯이 우리 안을 잠깐 어슬렁거렸습니다. 그리고 다시 구경꾼들 가까운 유리벽 앞에 웅크렸습니다. 벽을 때리며 불러 대는 아이들을 외면한 채 사자는 멀리 멍한 시선을 던졌습니다. 맹수의 표정을 뚫어져라 살핀 것은 처음이었습니다. 무기력해 보였습니다. 사자의 정말 '슬픈 표정'을 보았습니다.

불과 두어 시간 전 무심히 지나쳤던 동물공연장의 공연 일정표가 동물원을 나서려는 저의 시선을 붙들었습니다. 공연에 동원된 동물들은 평일 5회, 주말 7회의 공연을 소화합니다. '동물이 정해진 시간에 같은 행위를 자주 반복한다는 것'은 인간의 상식으로도 너무하지 않습니까.

반달곰의 일이라서…

멸종위기종 반달가슴곰 인공수정 연구를 사진에 담아 보려고 반달곰 종 복원에 애쓰는 구례의 야생동물의료센터에 협조를 구했습니다. 그리고 바로 그날 밤 구례로 달려갔습니다. “언제든 할 수 있는 연구가 아니다”라고 전제한 담당 연구원이 “내일 오전에는 연구가 가능할지도 모른다”고 했기 때문입니다. 암컷 반달곰 증식(인공수정) 연구를 처음으로 카메라에 담을 수 있기를 바랐습니다.

반달가슴곰을 떠올린 건 몇 달 전 취재했던 ‘2018 평창 동계패럴림픽’ 때문이었습니다. 마스코트가 반달곰인 ‘반다비’였지요. 사실 지난해 대책 없이 반달곰 취재에 나섰다가 포기하기도 했습니다. 최근 ‘반달가슴곰 세계 최초 인공수정 출산 성공’이라는 기사를 본 뒤 마음을 굳히게 되었습니다.

현장에서 보니, 증식 연구는 연구자의 의지로 되는 것이 아니라 전적으로 반달곰의 몸 상태에 달린 일이었습니다. 기대와 설렘으로 달려가 들여다본 연구에서 연구원들은 몇 가지 테스트를 했고, 이 반달곰은 현재 인공수정이 불가능한 상태라는 결과를 얻었습니다. 발정 상태라야 증식 연구가 가능하다는 겁니다. 곰의 몸속의 일을 사람이 어찌할 수 없는 일입니다. 밤에 서울로 돌아와서 매일매일 곰의 발정 소식을 기다렸습니다.

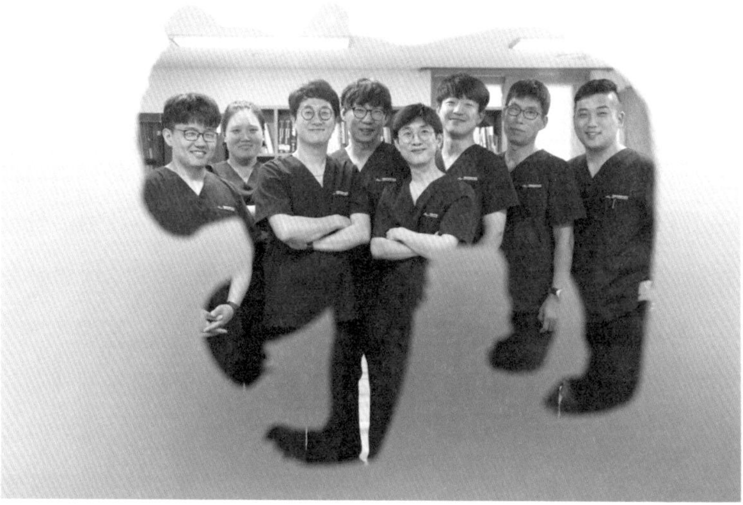

주말이 지나도록 소식은 없었습니다. 살다 보니 야생동물의 발정을 가슴 졸이며 기다리는 날이 다 있네요. 기사 마감을 이틀 앞두고 다시 구례로 갔습니다. 또 다른 암컷 반달곰의 상태를 연구진과 지켜봤습니다. 역시 인공수정하기에 적절한 몸 상태가 아니었습니다.

취재하기 전에 열흘 정도의 시간이면 충분할 거라 판단했고, 쉽지 않은 일이지만 운도 좀 따라 주리라 바랐습니다. 인공수정의 과정을 처음으로 담아낼 수 있을 것이라는 기대에 설레기도 했습니다. 오만이었습니다.

기대처럼 취재가 진행되지 않았습니다. 마감 시간까지 연구진 옆에서 무엇인지도 모를 '극적인' 사진 한 컷에 매달렸습니다. 그러다 부서장의 독촉에 정신이 혼미해진 채로 마감을 했습니다. 뭔가 텅 비었다는 느낌이었습니다.

'반달곰 사진 한 장이면 일단 반쯤 먹고 들어가는 게 아닐까.' 이 가벼운 접근부터가 꼬였습니다. 마취 상태에서 혀를 길게 늘어뜨린 반달곰의 사진을 지면에 크게 쓸 수는 없다고 판단했습니다. 결국 주절주절 설명이 필요한 컴퓨터 화면에 띄운 세포 사진을 메인 사진으로 쓰게 됐습니다.

반달곰의 일을 인간의 계획과 의지로 다룰 수 있을 것처럼 덤볐습니다. 인간은 알 도리가 없는 곰의 일일 뿐이었습니다.

꿀잠을 잘 수 있었던 이유

존경하는 사진가가 누구냐고 물으면 언제부턴가 “노순택요” 하고 답합니다. 그는 이 시대에 가장 상처받은 사람들과 함께하며 그들 곁에서 카메라를 들어 왔습니다. 잘 알려진 작가이지만 항상 같은 자리를

지키는 변함없는 모습에 경외감과 부채감이 동시에 들곤 합니다. 노작가의 묵직한 사진에 비할 바는 못 되지만, 가끔 저의 시선이 그의 시선과 겹치는 부분도 있다고 느낍니다. 영향을 받고 있는 것이리라 생각합니다.

최근 둘 사이가 좀 가까워졌습니다. 소위 '막노동 연대'를 통해서입

니다. 비정규 노동자 쉼터를 그와 함께 지었습니다. 쉼터 사진을 찍게 된 것도 순전히 노 작가 때문이었습니다.

사진가 노순택의 전시 <비상국가 II>의 '작가와의 만남' 뒤풀이 자리에 끼었습니다. 어울려 막걸리를 마시다가 공사 중이라는 비정규 노동자 쉼터 '꿀잠'에 대한 얘기를 들었습니다. 취재 제안이었습니다. 답은 어정쩡하게 했지만 마음은 이미 기울고 있었습니다.

기사 마감일이 한 달이나 남았는데 현장의 분위기를 먼저 보고 싶었습니다. 다큐로 잘 표현이 될 것인지 간을 좀 보려고 쉼터를 찾았습니다. 공사가 한창이라 정신이 없었습니다. 사진을 어떻게 찍을까, 하는 고민이 우선이지만 막상 '고양이 손도 빌린다'는 바쁜 현장에서 한가하게 카메라를 들고 있는 일은 불가능했습니다.

막노동 현장에는 노순택을 비롯한 예술가들과 비정규직 노동자와 해고 노동자들이 연일 땀을 흘렸습니다. 저는 카메라를 내려놓고 서툰 노동을 보탰습니다. 현장에 가 봤다면 누구라도 그리했을 겁니다. 사진 한 컷 찍지 못하고 일만 하다 오는 날도 있었습니다. 마감에 대한 불안감이 없진 않았지만 곧 '정신승리'로 극복합니다.

'노동에 직접 참여해 찍은 사진과 쓰는 글은 이미 나왔던 쉼터 기사와는 확연히 다른 것이다'라고. 함께 땀 흘리고 먼지를 뒤집어쓴 뽀얀 손으로 누른 셔터가 포착한 장면이 어떻게 그냥 찍은 사진과 같을 수 있으며, '땀' '먼지' '연대'라는 단어를 노트북에 두드릴 때 어찌 그냥 보고 쓴 단어와 같을 수 있겠는가. 독자에게도 그 울림이 반드시 전해지리라.

일하며 짬짬이 찍은 '무보수 막노동 연대' 일꾼들의 모습을 모았습니다. '더운 날, 더 뜨거운 연대'가 사진이 전하는 메시지였습니다.

고백건대 '꿀잠' 공사에 참여한 날의 밤마다 꿀잠이 든 건 저였습니다.

콜트콜텍 10년의 투쟁!
승리의 날까지 동지들과 함께 하겠습니다.
노동해방
노동권 쟁취!
NO WORKERS, NO MUSIC. NO MUSIC, NO LIFE

'계란후라이' 연대

거리에서 4000번째 아침을 맞은 콜트콜텍 해고 노동자 김경봉 씨와 임재춘 씨가 식당으로 향했습니다. 광화문 천막농성장과 가까운 빌딩의 지하 식당가였습니다. '뭘 먹을까' 주저하지 않고 들어서는 것으로 봐서 늘 아침 식사를 하는 식당인 모양이었습니다.

누룽지를 시켰습니다. 3000원. 가장 싼 메뉴였습니다. 싸서 먹는지, 한뎃잠에 무거운 식사는 부담스러워서인지는 모르겠습니다. 밥그릇이 절반쯤 비었을 때 식당 주인아저씨가 누룽지와 잘 어울릴 법한 볶음김치 한 그릇을 내놓았습니다. 밑반찬으로 김치, 멸치볶음, 어묵 등이 있어 부족하지 않았지만, 뭔가 특별한 것인 듯 '스윽~' 식탁 위로 밀어 넣었습니다.

"밥 다 먹었는데 진작 안 주시고. 허허허." 김경봉 씨가 고마움에 농담을 섞었습니다. 식당 사장님이 이번에는 '계란후라이'를 인원수대로 그릇에 담아서 내놨습니다. 프라이는 순식간에 사라졌습니다. 단골에 대한 서비스겠지만, 그보다도 힘들고 긴 싸움을 이어 가는 해고 노동자들에 대한 '끈끈한 연대'의 마음으로 읽었습니다.

J선배는 퇴근 후 집 근처 산에 자주 오릅니다. 그곳에서 얼마간 떨어진 목동의 열병합발전소 굴뚝을 바라보곤 합니다. 추위에 현수막이 내걸린 굴뚝을 볼 때마다 안타깝고 미안한 마음입니다. 굴뚝 위에는

파인텍 조합원 박준호·홍기탁 씨가 올라가 있습니다. 이후 J선배는 굴뚝 가까이 있는 아파트에 올라 두 노동자의 모습을 카메라에 담았습니다. 이런 시선과 관심 또한 '연대의 마음'이겠지요.

부당하게 해고된 노동자들이 언제 끝날지 모를 싸움을 하며 여전히 거리에 있습니다. 땅과 하늘의 농성장을 지나며 볼 때마다 새깁니다. 지금 노동자들이 겪는 현실에서 나와 내 가족의 삶도 비껴나 있지 않다는 것과 그들의 삶이 내 자식과 또 내 자식의 자식이 이 나라에서 맞게 될 슬픈 현실이 될 가능성을 말입니다.

100일, 365일, 1000일…. 농성 기간이 늘어 갈 때마다 '최장 기록'이라는 이유로 카메라를 드는 일이 없기를 바랐습니다. 그것은 우리 사회의 차가운 외면과 보도사진의 무기력함을 동시에 확인하는 일이기 때문입니다.

지금, 하늘과 땅의 농성장에서 이 '아픈' 기록들이 매일 깨지고 있습니다.

+ 파인텍 노동자들은 2019년 1월 11일 426일 만에 굴뚝에서 내려왔고, 콜텍 노동자들은 같은 해 4월 23일 해고된 지 4464일 만에 농성을 마무리했습니다.

안전화에 피는 꽃

비정규 노동자의 집 '꿀잠'은 2017년 각계각층이 뜻을 모아 마련한 기금으로 낡은 4층짜리 다세대주택을 매입하고, 노동자와 예술가와 학생 등 '무보수 일꾼'들의 땀방울로 지어진 노동자의 쉼터입니다.

개소한 지 2년 만에 찾아간 꿀잠을 둘러보며 옥탑에 올랐습니다. 고만고만한 다세대주택 뒤로 서울의 화려하지 않은 한쪽을 보여 주는 이 공간이 좋았습니다.

공사할 당시 옥상에 조성한 화단에는 꽃나무가 제법 자라 녹색정원을 이뤘습니다. 여름날 해고 노동자들이 땀 흘려 만든 벤치는 늘 거기 있었던 것처럼 옥상의 풍경으로 자리를 잡았습니다.

옥상에는 말간 가을 햇살이 내렸습니다. 지난 2년이라는 시간의 속도가 저와 꿀잠을 이용한 노동자들에게는 다르게 흘렀을 것이라고 가늠해 보았습니다. 그 순간 '반짝'하며 벤치 위 신발 하나가 시선을 붙잡았습니다.

'안전화'였습니다. 노동자들이 일터에서 신는 신발입니다. 그 안에서 칼랑코에가 자라고 있었습니다. 사연을 물었더니, 김소연 꿀잠 운영위원장이 답했습니다.

"안전화는 노동자의 상징이잖아요. 꿀잠을 지을 때 신었던 안전화에 겨울에도 잘 견딜 수 있는 생명력 강한 꽃을 심었습니다."

부당한 차별과 탄압에 맞서 싸우는 비정규직 노동자와 해고 노동자들이 여전히 거리에 많습니다. 안전화에 핀 꽃을 보며 응원합니다.

"강하게 뿌리내려 꺾이지 마시라"고.

가장 짧은 사진전

함께 슬퍼하고 분노했던 세월호가 잊혀 갑니다. 사진가들이 나섰습니다. 세월호 참사와 그 이후를 사진으로 기록하며 누구보다 아프게 현장을 지켰던 이들입니다. 사진가들은 자신이 찍은 사진 한 장을 어깨에 지고 '4시간 16분' 동안 여의도를 출발해 광화문광장까지 걸었습니다. 4시간 16분 동안의 거리 전시, '걷는 사진전'이었지요.

잊히는 세월호 앞에서 '우리는 무엇을 찍는가?' '왜 찍는가?' '사진으로 무엇을 할 수 있는가?'에 대한 근본적인 물음과 고민이 사진가들을 거리에 세웠습니다.

사진가들은 현수막에 출력한 사진을 각목에 고정하고 어깨에 짊어졌습니다. 전시를 소개하는 글에는 "사진가들이 각자의 십자가인 사진을 들고 걷는 것"이라 썼습니다. 사진전 취재에 나선 저도 함께 걸었습니다. 같은 심정이었고 말로 표현할 수 없는 통증을 느꼈습니다.

세월호 참사가 일어난 뒤, 진도와 안산, 광화문광장에서 다투어 취재하던 동료들도 모습이 뜸해진 요즘입니다. 공분했던 현실은 변한 것 없이 그대로인데 '세월호만 얘기할 수 없지 않으냐'고 몇몇 언론은 돌변한 태도를 보입니다. '도대체 무엇이 해결됐나?' '언론은 왜 존재하는가?'라고 스스로 물어야 할 때에 말입니다.

현장에서 카메라로 사람과 사건을 기록하는 이들이 사회의 이슈에 직접 행동하는 것은 익숙하지 않습니다. 50여 명의 사진가들이 더위 속을 걸으며 펼친 이 특별한 사진전은 저에게 큰 울림으로 다가왔습니다. '가장 짧았지만, 가장 오래 기억될 전시'가 될 것 같습니다.

"4시간 16분이라는 짧은 시간 동안 우리는 과연 무엇을 할 수 있을까. 하지만 그 시간은 어쩌면 294명을 살리고 10명을 찾아내기에 충분한 시간일지도 모른다."(사진전 소개 글 중에서)

명동4길
Myeongdong 4-gil

2014
4
甲午年
3
5
일 월 화 수 목 금 토
어업인의 날 壬寅
3.3 癸卯
3.4 甲辰
향토예비군의 날 乙巳
식목일 · 청명 丙午
만우절
과학탐구 토론대회
결핵검사
한식 丁未
보건의 날 · 신문의 날
3.9 己酉
3.10 庚戌
3.11 辛亥
3.12 壬子
3.13 癸丑
교내로봇대회
과학탐구 대회
동아리
대한민국임시정부수립기념일
3.15 乙卯
3.16 丙辰
3.17 丁巳
3.18 戊午
3.19 己未
4·19혁명기념일 庚申
수학여행
장애인의 날 · 곡우 辛酉
과학의 날 壬戌
3.24 甲子
3.25 乙丑
법의 날 丙寅
3.27 丁卯
동아리
3.28 戊辰
충무공이순신탄신일
4.1 庚午
4.2 辛未
학생회장선거 소변검사.

4월의 달력

하얀 벽에 걸린 달력에서 왁자지껄 아이들의 목소리가 달려들었습니다.

4월, 아이들의 설렘이 15일에서 18일에 걸쳐 하트와 함께 그어 놓은 줄에 걸려 있었습니다. 3월 달력을 떼어 내며 우르르 달려들어 제일 먼저 표시했을 들뜬 모습을 상상합니다. 2주일이나 남은 친구들과의 제주도 수학여행을 얼마나 기대하고 기다렸을까.

경기도 안산교육지원청에 마련된 '단원고 4.16 기억교실'.

2학년 교실에 걸려 있는 달력은 참사가 일어난 2014년 4월에 멈췄습니다. 가장 가슴 뛰게 했던 달의 달력이 이제는 가슴 치게 만드는 아픔으로 남았습니다.

달력을 3월로 돌릴 수 없을까. 아니, 하루 전날인 2014년 4월 15일로 세월을 돌릴 수 없을까. 이젠 4월이 더 이상 옛날의 4월이 아닌 지금, 4월의 달력을 슬픔으로 바라봅니다.

세월호가 침몰 1072일 만에 인양되었습니다. 가라앉은 진실도 속히 인양되어야 합니다.

제2부

배철수 아저씨, 점점 멋있어지네요

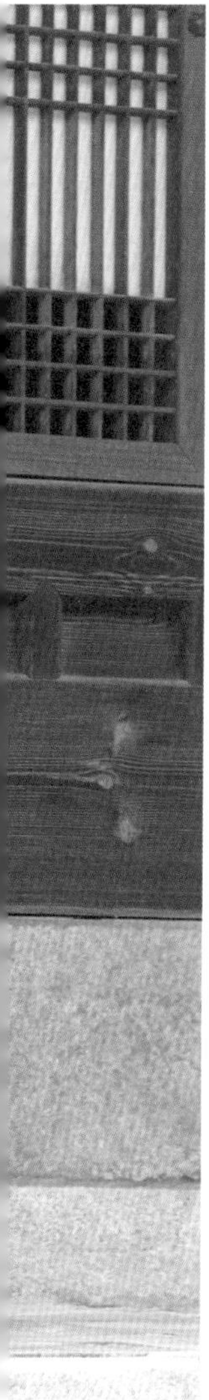

비장애인처럼 잘 살겠습니다

최영은 씨와 이상우 씨는 '탈시설' 장애인입니다. 충북 음성의 한 장애인시설에서 영은 씨는 20년, 상우 씨는 30년을 살았습니다. '장애와인권발바닥행동'이라는 단체의 활동가와 주변의 도움을 받아 2015년 3월 시설을 나왔습니다. 나중에 알게 된 사실이지만, 시설에 있으면서 서로 짝사랑했습니다. 시설에서는 애틋한 감정을 표현하지도 못했고 만날 수도 없었습니다. 그곳에서는 사랑이 허락되지 않았습니다.

둘은 우연히 같은 날 시설을 나왔고, 자립을 위해 새로 머물게 된 장애인 자립주택 '평원재'(서울 종로구)에서 다시 만나게 되었습니다. 필연적인 사랑이 시작됐습니다. 상우 씨의 '카톡' 문자 고백이 연애의 시작이었습니다.

"오빠 여자 친구가 되어 줄래?"

"오케이~" 영은 씨는 망설임 없이 답문자를 보냈습니다.

둘은 사랑을 키웠습니다. 연애와 동시에 결혼을 염두에 두고 돈을 모았습니다. 장애인수급비를 아껴 적금을 들었고, 먹고 싶은 거 참아 가며 악착같이 모았습니다. 전세대출을 받았고 적금으로 모은 돈 5000만 원을 보탰습니다. 서울 창동역 인근에 작은 아파트를 얻었고 함께 살기 시작했습니다.

커플의 보금자리를 찾았습니다. 활동지원사 두 분이 중증장애인인 상우 씨와 영은 씨 곁에서 아침부터 밤까지 손과 발이 돼 주었습니다. 결혼을 앞둔 부부는 외부 활동이 없는 날이면 온종일 방에 누운 채 지냅니다. 서로 바라보기도 하고 휴대폰에 고개를 묻기도 했습니다. 언어장애를 가진 영은 씨와 상우 씨는 문자를 음성으로 바꿔 주는 휴대폰 앱을 이용해 저의 질문에 답을 했습니다.

대부분의 시간을 함께하는 예비부부가 종일 무슨 얘기를 가장 많이 할까. 궁금해 물었습니다. 영은 씨가 굽은 손으로 꾹꾹 힘겹게 누른 휴대폰 문자가 이내 기계음 소리로 답했습니다.

"사랑한다는 말 지겹게 나눠요."

상우 씨가 조금 늦게 문장을 완성해 답합니다.

"그냥 보고만 있어도 좋아요."

취재를 시작하며 커플에게 제안을 하나 했습니다. 결혼을 준비하며 생략했던 야외촬영을 하고 싶다면 직접 찍어 드리겠다고 말이지요. 찍지 않았던 여러 이유가 있을 것이기에 조심스러웠습니다. 없었던 상황을 직접 개입해 만드는 것 같은 모양새도 좀 걸렸습니다. 그럼에도 한 번 하는 결혼식인데 아쉽지 않을까, 싶어 꺼낸 말이었습니다. 영은·상우 커플이 좋아했습니다. 사진도 사진이지만 남들 다 하는 야외촬영이 잊지 못할 추억으로 남길 바랐습니다.

촬영 장소는 덕수궁. 전동휠체어를 탄 커플은 고궁 내에 활짝 핀 벚나무와 중화전, 석조전 등을 배경으로 포즈를 취했습니다. 카메라 앞에서 터트리는 웃음이 봄꽃보다 환했고, 그렇게 행복해 보일 수 없었습니다. 고궁을 찾은 시민들이 웨딩촬영을 흐뭇하게 바라봤습니다. 다가와서 따뜻한 말로 예비부부의 앞날을 축하해 주기도 했습니다.

며칠 뒤에 영은 씨와 상우 씨를 취재한 다른 매체 후배 기자가 증언하더군요. "결혼 준비하며 가장 힘들었던 게 뭐였어요?"라고 물었더니 "야외촬영요"라고 답을 했답니다. 미안하면서도 두고두고 얘기할 확실한 추억을 새겨 주었다고 생각했습니다.

그리고 2주일 뒤, 신부 최영은 양과 신랑 이상우 군의 결혼식이 서울여성플라자에서 열렸습니다. 두 사람은 가족과 동료들의 축복 속에 부부의 연을 맺었습니다. 그리고 휠체어를 탄 중증장애인에게는 우주만큼 먼 제주도로 신혼여행을 떠났습니다.

"비장애인처럼 잘 사는 모습을 보여 드릴게요." 신혼부부가 남긴 새 출발의 각오였습니다.

romeo

배철수 아저씨는 멋져요

MBC라디오 〈배철수의 음악캠프〉를 진행하는 '배철수 아저씨'는 제 추억 속 인물입니다. 그룹 '송골매' 멤버로 한창 활동할 때 저는 꼬마였지만 KBS 〈가요TOP10〉 등에 나오는 그의 노래를 따라 부르곤 했습니다. 사진기자가 된 뒤에 그가 진행하는 라디오를 듣다, 언젠가 아저씨를 찍을 날이 있을까, 하는 막연한 생각을 했습니다.

'꼬마'가 나이 마흔이 넘어 그 '아저씨'를 만났습니다. 서울 상암동 MBC에서 그의 인터뷰 사진을 찍게 된 것이지요. 사진을 찍기 전에 은근히 추억을 들먹였습니다.

"어릴 때 노래 많이 따라 불렀습니다."

"나이가 그렇게 보이진 않는데요."

"점점 더 멋있어지시는 것 같습니다."

옆에 있던 선배가 불쑥 말을 보탰습니다.

"예전에 참 없어 보였잖아요."

"그렇긴 했죠." 아저씨는 기꺼이 인정하며 특유의 웃음소리로 웃었습니다.

"에헷헷헷."

사진 배경을 고민했습니다. 일단 라디오 스튜디오에서 사진을 찍었습니다. 집 다음으로 가장 오래 머물렀을 스튜디오라는 공간이 가장 적절했지만 너무 뻔해 매력적이지 않았습니다. 범죄자의 사진일지라도 잘 찍고 싶은 게 사진기자의 직업의식인데 어릴 적 추억의 한 자락을 떠오르게 하는 인물이라면 더 말해 무엇하겠습니까.

수없이 찍었을 이 뻔한 공간에 대해 아쉬움을 얘기하자, "포토그래퍼에 따라 다른 느낌이 표현되더라고요." 격려의 말씀이었지만, 적지 않은 압박이었습니다. "사진 찍는 건 늘 어색하다"면서도 그는 포즈를 취한 채 특유의 웃음을 주기적으로 터뜨려 주었습니다.

사진이 뭔가 좀 모자랐습니다. 국내외 음악 앨범이 도서관 책처럼 꽂혀 있는 '레코드 라이브러리'에서 촬영을 제안했습니다. 앨범 진열대 사이에 선 그를 카메라 파인더로 들여다보니 아쉬움이 채워지는 듯했습니다. 사진 찍는 일의 행복은 바로 이런 순간에 있습니다.

수십 년 함께해 온 음악과 라디오 진행자라는 이미지가 스튜디오라는 공간보다 이 앨범 라이브러리에서 더 잘 표현되는 것 같았습니다. 아저씨는 "이곳 촬영이 처음"이라고 했습니다. 라이브러리에 서 있는 삐죽한 키의 '62세 아저씨'의 스타일이 멋졌습니다. 상징 같은 콧수염과 하얀 머리칼, 청바지와 스니커즈, 물 날린 청재킷이 잘 어울렸습니다. 그리고 참 젊었습니다.

아저씨는 제가 카메라를 잠시 내려놓고 앵글을 고민하는 순간에도, 라디오국 복도를 걸어 이동하는 동안에도 끊임없이 콧노래를 흥얼거렸습니다. 충만하게 채워진 사람의 여유였습니다. 덩달아 기분이 좋아졌습니다. 말이 아닌 어떤 배려처럼 느껴졌습니다.

'내가 아저씨 나이가 됐을 즈음에 일상 속에서 저런 콧노래를 흥얼거릴 수 있을까.' '그럴 수 있다면 무엇이 나를 그렇게 할 것인가.'

모처럼 기념사진을 남겼습니다. 40년을 넘게 살며 딱 한 번 만나게 된 '배철수 아저씨'.

다시 만날 날이 있을까.

옛날 가수를 만났다

따져 보니 10살 때쯤인가 봅니다. TV 앞에서 노래 '잊혀진 계절'을 따라 부르던 기억이 아련하게 남아 있습니다. 가요 프로그램에서 매주 1위를 하던 파마머리의 가수 이용은 당대 최고의 스타였습니다. 긴 세월이 흘렀지만 10월의 마지막 밤이면 어김없이 이 노래를 듣게 되지요. 4년 만에 13집 앨범 '미안해 당신'을 발표한 이용이 인터뷰차 회사를 찾아왔습니다.

스튜디오에서 오전 11시에 사진을 찍기로 했는데 딴 데 정신이 팔려 그만 잊고 있었습니다. 사무실 자리 옆에 인기척이 있어 고개를 돌렸습니다. '아, 깜짝이야.' 옆에서 가수 이용이 저를 바라보며 웃고 있었습니다. 스튜디오로 걸어가며 호칭을 고민했습니다. '이용님' '이용 아저씨' '이용 선생님'….

선생님이 제일 무난했습니다. 이용 선생은 스튜디오 구석 분장실에서 거울을 들여다보고 옷매무새와 머리를 만졌습니다. 가수나 배우가 회사에 오면 보통 두세 명의 매니저가 따라오는 경우가 대부분인데 그는 혼자였습니다.

촬영 준비를 하는 동안 그가 물었습니다. "아직 오○수 기자 있나요? 강○진 기자는요?" 예전에 자신을 인터뷰했던 기자 이름을 댔습니다. 수많은 매체의 기자들을 만났을 텐데 이름을 기억한다는 것은

큰 정성이지요. 조명 앞에 자리를 잡으며 그가 말했습니다. "이 스튜디오가 옛날엔 제일 좋았어요." 그 옛날이 아마도 자신의 전성기를 의미하겠지, 하고 짐작했습니다. 낯익은 장소에서 오래전 기억을 더듬었던 모양입니다. 그에게도, 스튜디오에도 세월은 공평하게 흘렀습니다. 어쩌면 이용 선생이 이 스튜디오를 가장 오래 출입한 연예인일지도 모르겠습니다.

촬영을 시작했습니다. 그는 셔터 소리에 맞춰 포즈를 바꿨습니다. 스스로 자신을 연출해 가며 정말 정성껏 사진 촬영에 임했습니다. "사진은 조용필보다 내가 더 많이 찍었을 거예요. 하하하하." 이 능숙한 모델은 카메라 앞에서 근사해 보이려 하지 않았고, 오히려 가볍고 친근한 모습을 보여 주려 했습니다. 신곡을 직접 불러 가며 분위기를 타다가 결정적인 부분에서 표정과 동작을 멈춘 채 포즈를 취하기도 했습니다. '사진에 깐깐하고 까다롭지 않을까' 했던 건 괜한 걱정이었습니다.

촬영 중 카메라에 붙은 작은 모니터를 통해 사진을 보여 드렸더니, 얼굴 한쪽이 그늘진 사진보다 얼굴 전체가 밝게 나온 사진이 보기 좋답니다. "여성 팬들이 많아서…"라는 이유를 대며 시원하게 웃었습니다. 그는 또 자신이 소유한 카메라 모델을 대며 사진에 대한 오랜 관심을 드러냈습니다.

"대학 시절 우리 과 옆에 사진과가 있었어요. 사진도 참 많이 찍었어요."

그리고 대뜸 물었습니다.

"혹시, 남궁옥분 아세요?"

"네!" 저는 1초의 망설임도 없이 대답했습니다.

"당시에 남궁옥분 앨범 사진을 제가 찍었어요."

"우와~ 정말입니까?" 어릴 때 집에 있던 남궁옥분 LP판이 어렴풋이 떠올랐습니다.

"제 앨범 사진은 남궁옥분이 찍었고요. 하하하하하."

촬영이 끝나자 이용 선생은 "명함 있나요?" 하고 제게 물었습니다. 지금 없다고 했더니, 휴대폰을 꺼내 제 전화번호를 입력합니다. 이날 찍은 사진 몇 장을 보내 달라는 의미로 알았습니다.

"기념사진 몇 장 보내 드릴까요?"

"아니요. 제가 옛날 가수라서 기자들을 관리합니다."

그게 '언제 밥이나 소주 한번 하자'와 같은 빈말일지라도 그의 수더분하고 살가운 모습에 금세 정이 갔습니다. 난생처음 연예인이 제 전화번호를 따 가는 '사건'이었습니다.

국내 최고의 인기 가수로 한 시절을 풍미했던 가수 이용. 그를 찍고 스튜디오를 나서는데 저도 모르게 입꼬리가 슬며시 올라가고 있었습니다.

아주 특별한 가족사진

"앵~두야~ 다~롱아~" 안분남 할머니의 목소리가 리듬을 탑니다. 애정 가득한 음성에 강아지 두 마리가 할머니 품으로 달려와 안깁니다. 할머니는 강아지들을 자식처럼 끌어안고 볼을 비비며 행복해합니다.

얼굴에 세월의 골이 짙고 깊게 새겨졌습니다.

할머니는 서울 화곡동의 한 가정집 차고를 개조한 단칸방에서 삽니다. 좁은 부엌과 작은 방 한 칸이 전부입니다. 20여 년 전 남편과 사별한 할머니는 이후 줄곧 혼자 살았습니다. 흔히 말하는 '독거노인' '홀몸노인'입니다. 자식들이 있지만 형편이 어렵고 찾아오지도 않습니다.

"젊을 때 정말 안 해 본 일이 없어요." 할머니는 파출부, 떡장사, 소금 장사, 막노동을 하며 먹고살았습니다. 요즘은 무릎이 안 좋아서 박스 줍는 일도 못 합니다. 그런 할머니의 고단하고 쓸쓸한 삶을 위로하는 것은 강아지들입니다.

두 마리의 강아지를 만나기 전 5년 동안 함께 살던 반려견 '다롱이'는 신부전증을 앓다가 죽었습니다. "그때 파출부에 박스 주워 모은 돈을 다 써 버렸어요." 할머니는 돈보다 당시 반려견과 들었던 깊은 정 때문에 더 이상 개를 키우지 않겠다고 굳게 마음먹었습니다. "우울증이 왔어요. (다롱이 생각에) 밥도 못 먹고, 늘 울면서 지냈습니다."

할머니의 모습을 보고 '이러다 큰일 나겠다' 싶었던 이웃이 시추와 몰티즈 사이에서 태어난 강아지 세 마리 중 둘째와 막내를 할머니에게 데리고 왔습니다. 그렇게 강아지들은 할머니의 새 식구가 됐습니다. 한 마리는 '앵두', 다른 한 마리는 먼저 보냈던 반려견 '다롱이'의 이름을 물려줬습니다.

할머니는 하루 종일 강아지들하고 붙어 지냅니다. 추운 날엔 강아지들이 감기에 걸릴까 싶어 방에 두고 외출하기도 합니다. "(나랑) 안

떨어지려고, 데려가 달라고 '꽉꽉' 대고, 옷 입으면 저만치 먼저 뛰어나가 있어요." 할머니는 외출 중에도 마음이 편하지 않습니다. "얘네들 생각나서 오래도 못 있어요." 같이 나갈 때면 장바구니 달린 카트에 태워 마치 아이 태운 유모차를 밀 듯 데리고 나섭니다.

저와 얘기를 나누는 중에도 할머니는 연신 강아지의 이름을 부르고, 눈곱을 닦아 내고, 쓰다듬고, 볼을 대고, 간식을 주고, 말을 걸었습니다. 귀한 손주를 보듯 한순간도 눈을 떼지 않습니다. "할미 손, 할미 손" 하니 앵두가 오른발을 들어 할머니의 손 위에 올려놓습니다. 이 사랑스러운 동반자들과의 생활을 전하는 내내 할머니는 흥에 겨웠습니다.

"얘들 보면 웃음이 나와요. 허허허. 아이고~ 이쁜 것~"

할머니는 기초노령연금으로 한 달을 삽니다. 반려견 키우기는 부담입니다. 자신이 먹는 걸 아껴 강아지들의 사료와 간식을 사 먹인답니다. 키우기 힘들지 않으시냐고 물었습니다. "내가 즐거운 거 생각하면 힘든 건 아무것도 아니에요. 허허허."

반려견들은 지금 할머니가 가장 사랑하고 의지하는 가족입니다. '가족사진'을 남겨 드려야겠다고 생각했습니다. 액자에 넣어 두고 볼 수 있는 사진이면 좋겠지요. 조명을 세우고 뒤에다 배경 천을 걸었습니다. 카메라 앞에 선 할머니는 강아지들을 품에 꼭 껴안고 볼을 비벼 가며 자연스럽게 포즈를 취해 주셨습니다.

잘 나온 사진 뽑아서 또 찾아오겠다며 단칸방을 나서는데 할머니가 문밖까지 따라 나오셨습니다.

"앵두야~ 다롱아~ 아저씨 가신다. 인사해야지~"

내 반려인을 응원합니다

저는 시각장애인 안내견입니다. 저의 반려인 이정현 씨는 앞을 보지 못합니다. 정현 씨가 캄캄한 세상을 걸어갈 때 저는 그림자처럼 동행합니다. 그가 안전하게 길을 걷고 생활할 수 있도록 돕는 것이 저의 일입니다.

오늘 정현 씨와 함께 향한 곳은 서울시중부기술교육원이라는 곳이었습니다. 분위기가 조금 낯설었습니다. 장애인기능경기대회가 그곳에서 열렸습니다. 정현 씨는 이날 점자문서를 만들고 교정하는 경기인 '점역교정' 종목에 선수로 참가했습니다.

경기가 진행되는 내내 정현 씨의 자리 옆을 지켰습니다. 그의 옆이 늘 저의 자리입니다. 대회 시간이 참 길었습니다. 문서 만들기에 집중한 정현 씨는 저에게 눈길 한 번 주지 않습니다. 반려인의 손길과 눈길을 느낄 수 없는 동안이 반려견에게는 견딜 수 없이 지루한 시간입니다.

껌뻑껌뻑 눈꺼풀이 내려왔고 이내 눈이 감겼습니다. 고요한 시험장이 졸음을 불렀습니다. 잠깐 눈을 감는다 싶었는데, 그만 잠이 들고 말았습니다. 민망하게도 코도 조금 골았던 것 같습니다. 시험에 방해가 되지는 않았는지……. 하루를 너무 일찍 시작했나 봅니다.

잠 속에서 '좌륵좌륵좌르륵' 규칙적인 소리가 들려왔습니다. '꿈인가?' 슬며시 눈을 떴습니다. 카메라를 든 아저씨가 저를 열심히 찍고 있었습니다. '이 양반이!!' 언제 끝날지 모를 경기는 계속 이어졌고 덜 깬 잠에 저는 정신이 몽롱했습니다.

어쨌거나, 나의 사랑하는 반려인 정현 씨가 좋은 성적을 거뒀으면 좋겠습니다.

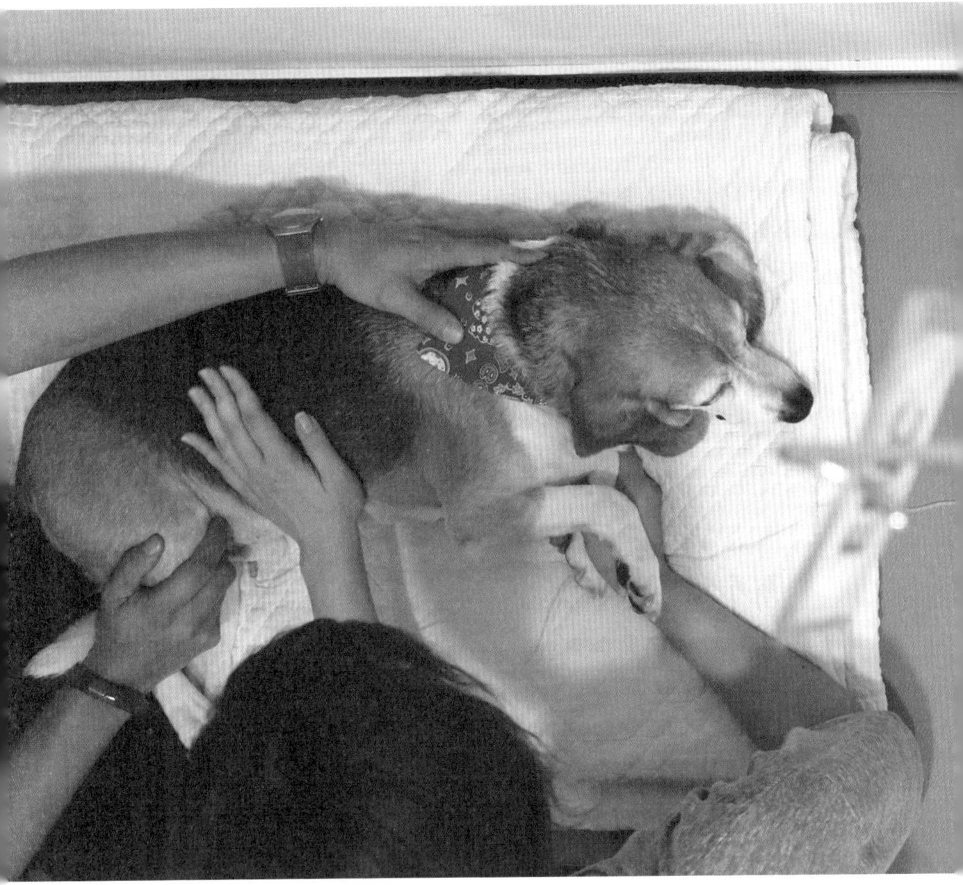

동건이와 정우를 찍다

반려동물을 키워본 적이 없는 저에게 '펫로스'는 참 낯선 단어입니다. 애초에 저의 관심 영역으로 들어올 단어는 아니었던 것이지요. '펫로스 증후군'이란 말도 있더군요. 반려동물을 잃고 슬픔과 정신적 장애를 겪는 현상이랍니다.

분당의 한 동물병원을 찾았습니다. '펫로스' 기사와 관련해 병들거나 죽음을 앞둔 반려동물을 찍기 위해섭니다. '주인(반려인) 있는 반려동물을 함부로 찍을 수 있을까.' 불쑥 이런 의문이 생겨 꽤 낯설었습니다. 병원장이 취재에 앞서 주의사항을 말할 때 '설마' 했던 것이 현실이 되었습니다. "사전이든 사후든 보호자의 허락을 받아야 사진을 찍고 쓸 수 있다"는 겁니다. 막상 사진 찍기 난감한 상황에 이르자 헛웃음이 나왔습니다. '허허. 세상 많이 변했네. 이건 좀 심한 거 아닌가.'

안내를 받아 병원을 둘러보다 CT실에서 검사 중인 대형견을 발견했습니다. 사진 취재 여부를 검사실 관계자에게 물었으나, 무슨 소리냐는 듯 단박에

거절했습니다. 기계 속으로 들어가는 반려견의 얼굴(머리)이 가려져서 가능하지 않을까 했습니다. 설득의 여지는 없었습니다.

'응급중환자의료센터'에는 병들어 입원한 반려견들이 층층이 쌓인 병실 케이지에 들어 있었습니다. '중환자'라는 말이 동물에게도 쓰인다는 사실이 생경했습니다. 대상이 동물일 뿐 의료기기나 약제, 의료진 모두 사람에게 하는 것과 동일하다고 했습니다.

사진 먼저 찍고 쓸 사진에 대해 허락을 구해 보자고 마음을 먹었습니다. 그런데 막상 병들어 앓고 있는 동물들의 모습을 보니 노골적으로 찍어 보여 주기가 좀 꺼려졌습니다. 펫로스 기사의 취지에 제일 가까운 이미지일 텐데도 말입니다. '동물권'을 이야기하는 시대에 "꼭 그런 사진을 써야 했나" 하는 반응과 보호자의 스트레스, 곤란해지는 병원도 고려하지 않을 수 없었습니다.

'그럼 반려동물에 모자이크 처리를 해 볼까.' 다시 낯선 상상을 했습니다. 이제껏 동물의 얼굴이나 눈에 처리된 모자이크를 본 적이 없고, 한편 그렇게까지 해야 되나 싶었습니다. 고민 끝에 누구도 불편해하지 않는 사진을 찍기로 했습니다. 상황을 연출하고 모델을 섭외했습니다. 동물병원에서 직접 키우는 반려견 '동건이'와 '정우'가 모델이 되어 주었습니다. 결국, 연기 잘하는 멋진 배우의 이름을 딴 개들이 저의 카메라 앞에서 연기를 하게 되었고, 그중 한 장의 사진이 지면에 쓰이게 됐습니다.

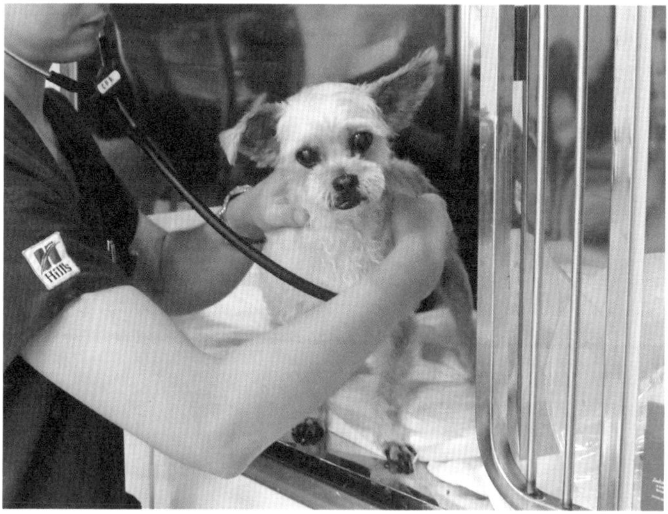

1000만 반려동물의 시대에 동물 사진 찍기도 조심스러워졌습니다. 혹시나 해서 검색창에 '동물초상권'이라고 쳐 보았습니다. '동물초상권까지 보호하는 영국'이라는 제목의 기사가 하나 떴습니다. 한 남성이 말에게 성적 학대를 가했다가 징역 3년을 선고받았고, 영국 언론은 이 사건을 보도하면서 피해 말 사진의 눈 부분에 모자이크 처리를 했다는 내용이었습니다.

말의 눈에 모자이크라는 말이 안 된다고 생각하던 일이 말이 되는 그런 세상이 되었습니다.

에덴미용실
010-509
010-509
덴미용실
미용실

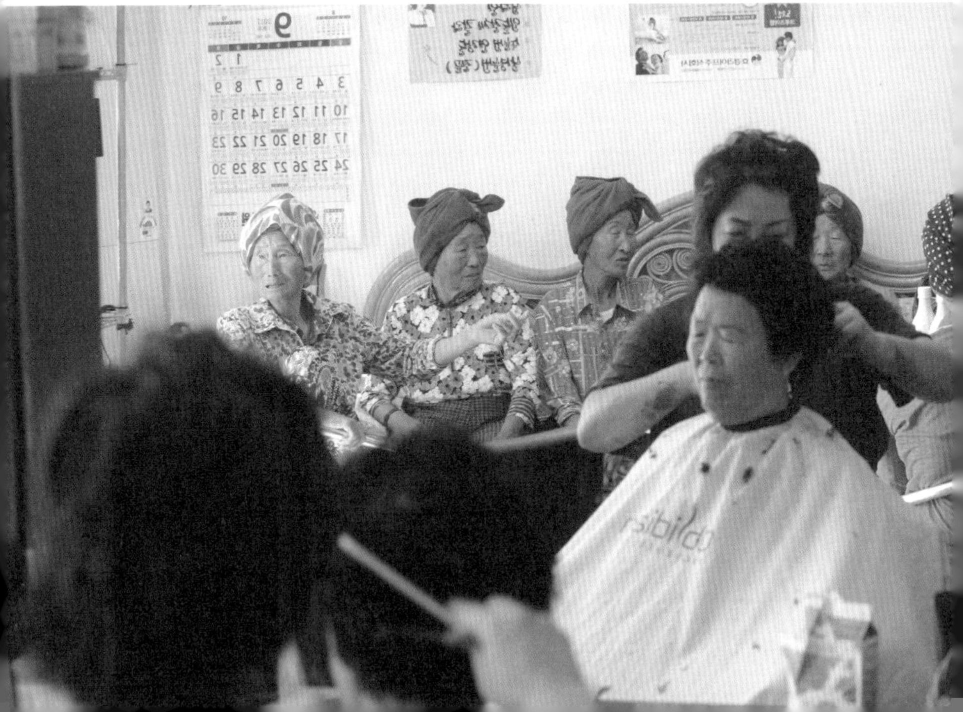

에덴미용실

장돌뱅이처럼 시골 5일장을 떠돌다 전남 신안군 지도장에 닿았습니다. 추석을 앞에 둔 대목장이라 붐볐습니다. 뭘 찍을까, 시장을 이리저리 어슬렁거리다가 머리에 같은 모양으로 수건을 두른 할머니들의 모습을 보았습니다. 꽤나 인상적이었습니다. 장 보러 나와 명절 머리를 한 어르신들이었지요.

장바구니 겸 유모차를 밀며 미용실로 향하는 한 어르신을 따라갔습니다. '에덴미용실'에는 파마약이 스며들 시간을 기다리는 노인들이 수건을 머리에 감고 앉아 이야기꽃을 피우고 있었습니다.

"우리 엄마들 잘 좀 찍어 주쇼이." 미용실 원장님이 흔쾌히 취재를 허락하며 한마디 합니다.

사진을 찍는 동안에 어르신들 얘기에 귀를 쫑긋 세웠습니다. 띄엄띄엄 얘기를 들었습니다. "(자식 손주들 앞에서) 젊어 보일라고 (머리) 하는 게 아니여. 안 추해 보일라는 것이제." 한 어르신의 말씀이었습니다. '젊어 보이기'와 '안 추해 보이기' 사이의 비슷한 듯 전혀 다른 의미를 음미해 보았습니다. 그 말에 나이 들고 늙어 가는 어르신의 스스로에 대한 내밀한 관찰과 사유가 녹아 있다고 생각했습니다.

정신없이 바쁜 원장의 늙은 어머니가 또래의 손님들을 위해 '우묵'(우뭇가사리로 만든 묵)과 갓김치를 내왔습니다. 막걸리도 한 잔씩

돌았습니다. 한 노인이 불쑥 뱉습니다. "어쩌면 살이 찌까이? 먹는 것은 잘 먹어도 난 살이 안 쪄부러." "일들을 많이 헌께." 주위를 둘러봐도 살이 찐 건 저 혼자였지요.

미용실 문이 수시로 열리며 손님들이 들어섭니다. 나누는 표정과 인사로 어떤 관계인지, 얼마나 가까운 사이인지, 얼마 만에 만났는지 짐작할 수 있었습니다. 두 손 잡고 흔들며 반가워하는 모습을 보며 바쁜 농사일에 만나기도 쉽지 않은가 보다 했습니다.

임자도로 들어가는 오후 2시 배를 타야 한다고 한 노인이 말을 꺼내자, 누군가 "배를?"이라고 받았습니다. "그럼 뻘을 헤엄쳐 가까이?" 일상의 대화에 어김없이 끼는 이런 매력적인 유머가 참 좋았습니다. 밖에서 "쿵짝쿵짝" 소리가 들렸습니다. "각설이 왔어?" "OO이는 기어서 각설이 보러 갔네." 추임새 같은 말에 한바탕 웃었습니다. 불편한 몸으로 굳이 유모차를 밀면서 각설이 구경을 갔다는 말이었습니다. 저에게 막걸리를 권하는 어르신에게 "이미 한 잔 마셨다"며 슬쩍 빼자 "한 잔 잡수면 먹으나 마나요" 하며 기어이 한 잔을 더 부어 주셨지요. 어르신들의 말에는 인생에서 터득한 반짝이는 지혜와 정이 묻어났습니다.

그때 옆집 아주머니가 들어와 원장에게 곧 단수가 된다며 물을 받아 놓으라고 했습니다. 할머니들의 이야기는 금세 단수로 옮겨 갑니다. "대목에 뭔 단수여?" "우리 임자(도)는 하루 나오고 하루 안 나와." "워메~ 섬은 섬이네." "그래도 찔찔이라도 나오면 괜찮은디…." 당장 줄줄이 머리를 감아야 하는 난감한 상황에 화가 날 법도 한데 어떤 동요도 없이 여유롭습니다.

원장은 큰 '다라이'에 물을 받았습니다. 몸이 기역 자로 굽은 어르신들이 미용실 문밖에 엉거주춤 엎드린 채 바가지 물로 머리를 감았습니다. 누구도 누구를 탓하거나 짜증 내거나 화내지 않았습니다. 서울에서 이런 날, 이런 상황이었다면 어땠을까 생각하다가 '여기가 역시 에덴이구나' 하고 말았습니다.

명절 잘 보내시라 인사를 하고 미용실을 나서는데 어르신들의 목소리가 다투듯 뒤따라 나옵니다. "집 나서면 고생이제. 밥 잘 챙겨 묵으소." "조심히 잘 올라가쇼잉~"

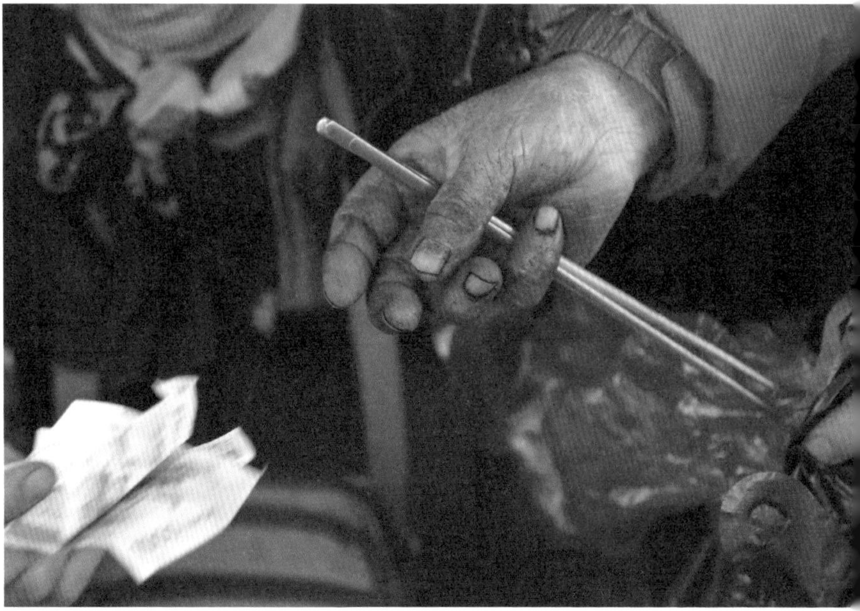

'어머니'의 거친 손

시골 장터에서 나물을 팔던 상인이 좌판 뒤로 저만치 떨어져 앉아 허겁지겁 늦은 점심을 먹고 있었습니다. 지나던 손님이 좌판 앞에 멈춰 나물 3000원어치를 달라고 했습니다.

상인이 까만 비닐에 나물을 넉넉하게 담아 들고는 손님이 건네는 1000원짜리 석 장을 받으려 손을 내밀었습니다.

그 순간, 상인의 손에 시선이 고정됐습니다. 모든 주변의 풍경이 그 손으로 빨려드는 느낌이었습니다. 카메라 셔터를 요란하게 눌렀습니다. 손이 들려주는 이야기에 귀를 기울입니다.

햇볕에 잔뜩 그을린 손은 거칠었습니다. 로션 한 번 제대로 바르지 않았을 손등의 살갗은 터진 채 이리저리 갈라졌습니다. 조금 전까지 나물 다듬던 손은 흙투성이입니다. 손톱 아래에 흙이 까맣게 끼어 또렷하게 도드라졌습니다. 돈 받으려 내민 손은 막 밥과 반찬을 집었던 젓가락을 움켜쥔 채였습니다.

손님이 떠나자 3000원과 젓가락을 쥔 채 다시 밥 자리로 돌아갔습니다. 짧은 거래는 눈앞에서 끝이 났지만 그 순간은 사진에 남았습니다. 자리를 벗어나 급히 카메라 모니터를 켜고 사진을 확대해 들여다봤습니다. 시선을 금방 거두지 못했습니다.

손은 '산다' '살아간다' '살아 낸다'는 것에 대한 은유입니다. 억척 세월이 새겨진 '어머니'의 거친 손에 경외감이 일었습니다.

곧 저의 밥과 일을 생각했고, 카메라를 쥔 제 손을 한참 들여다보았습니다.

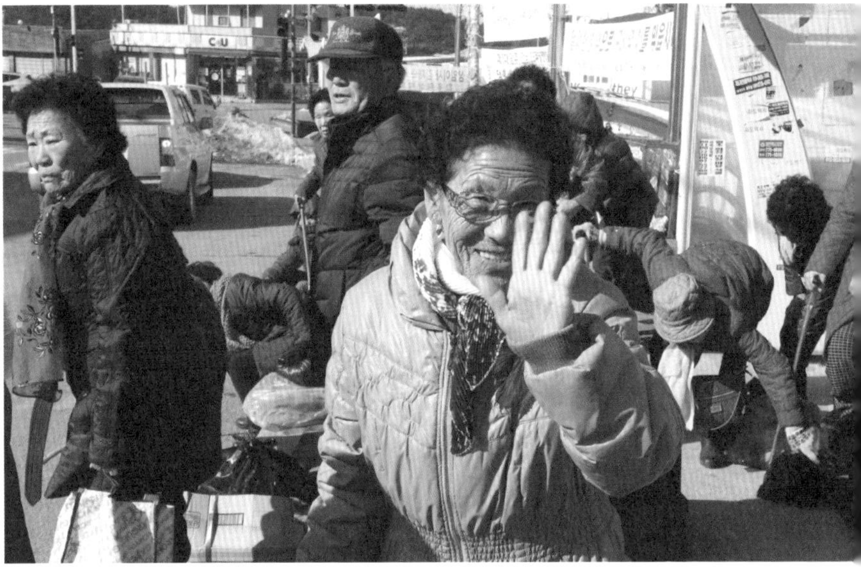

푸근한 말이 주는 위안

푸근한 정에 끌려 설 앞둔 장날에 신안군을 다시 찾았습니다. 장날 버스정류장은 어르신들로 붐볐습니다. 명절 음식 재료가 담긴 검은 봉지들이 노인들 대신 띄엄띄엄 오는 시골버스를 기다리며 줄지어 있습니다.

카메라를 들고 서성거렸더니 한 어르신이 궁금한 듯 묻습니다.

"기자요? 무얼 찍을라고? 어디서 왔소?"

"신문사 사진기잡니다. 명절 앞두고 따뜻한 고향 사진 찍으러 서울서 왔습니다. 어르신들 사진 한 장 찍어도 되겠습니까?"

"쭈글쭈글한 얼굴 찍어 뭐하요? 허허허." "나 좀 잘 찍어 주쇼이. 하하하."

버스정류장이 화기애애해졌습니다.

어르신들을 따라 버스에 올라탔습니다. 농사와 자식 얘기들이 버스를 따라 흔들거렸습니다. 급한 S자를 그리는 시골도로를 따라 버스가 기울 때마다 까만 비닐에서 샌 비릿한 물이 이리 흐르고 저리 흘러 바닥에 그림을 그렸습니다. 차를 세운 기사는 늘 있는 일인 양 '슥슥' 밀대로 닦았습니다.

어느 마을에선가 한 어르신이 버스에 올라 타며 요금통에 500원짜리 두 개를 떨어뜨렸습니다. 나이가 적지 않아 보였지만 버스비를 내지 않아도 되는 65세에는 이르지 못했던 모양입니다. 버스에 오르며 요금을 낸 사람은 그 어르신과 저, 딱 둘이었습니다. 버스 기사에게 인사를 건네더니 어르신의 이야기가 시작됐습니다.

"농협 앞에 쐬주 한잔 할라고." 읍내로 나가는 이유를 댄 어르신은 이미 술 한잔 걸쳤습니다. 시선은 기사를 향했지만 딱히 누구 들으라고 하는 말은 아닌 것 같았습니다. 주변 두세 사람 정도 들릴 크기의 목소리였고 저 말고는 딱히 주목하는 이가 없었습니다.

"울 집 고양이가 새끼를 낳았는디… 근디 이 고양이가 어제 큰 쥐를 한 마리 잡아묵어 부렀어." 어르신의 말은 그르렁대는 엔진 소리에 묻혔다가 들렸다가 했습니다.

"날이 많이 풀렸어야. 집 앞 물에 물고기가 얼어 죽어서 떠 부렀드라고. 왜가리 4마리가 뜯어 먹고 있더랑게."

혼잣말을 하는데 꼭 제게 하는 얘기처럼 들렸습니다. 읍내 장터 앞 정류장에 도착할 때까지 독백은 이어졌습니다. 술기운이 스몄을지언정 구수하기 이를 데 없었습니다. 주변에서 일어나는 시시콜콜한 일을 놓치지 않고 관찰하고 기억했다가 털어 내는 것은 보통 내공으로 가능한 일이 아니지요. 어르신은 타고난 이야기꾼이었습니다. 그의 소소한 이야기들은 상처주고 공허한 도시의 말들을 돌아보게 했습니다.

어르신의 '작은' 말이 저에게는 위안이었습니다. 결코 작다고 할 수 없는 말이었던 셈이지요.

둘이 묵으이 맛나네

목포항에서 안좌도로 들어가는 배에서 P선배의 문자를 받았습니다. 안좌도는 P선배가 나고 자란 고향입니다.

"좀 누추해도 우리 집 가서 자면 된다. 울 엄니께는 얘기했어. 엄니가 요즘 공공근로 나가셔서 아침 드시는 시간이 좀 빠르기도 하고…. 그래도 손님인데 반찬도 없다고 하시길래, 그냥 아들이라 생각하시고 식사하실 때 수저랑 밥 한 그릇만 더 놓고 드시라고 했으니, 찬 없고 그래도 이해하시길."

P선배의 시골집에서 '엄니' 김순례 어머니와 밥상을 놓고 마주 앉았습니다. "내 집이다 생각혀고, 어려워 말고." 예의를 갖추려는 저의 모습이 불편하셨던 모양입니다. "찬 없어도 맛나게 묵어~" 미안해하며 하신 말씀이지만 찬은 많았습니다. 어머니는 허리와 무릎이 좋지 않아 보였습니다. 불편한 몸으로 이것저것 차리셨구나 생각하니 마음이 무거웠습니다.

이튿날 아침 다시 밥상에 마주 앉았습니다. 어머님은 밥을 먹는 동안에 '씨~익' 미소를 지어 보이며 말했습니다.

"둘이 묵으이 맛나네."

5남매 키워 뭍으로 내보내고 대부분의 끼니를 혼자 차려서 드셨을 테지요. 그 말을 곱씹다가 이내 먹먹해졌습니다. 평소 김치와 나물 두어 가지쯤 놓고 드셨을 식사를 떠올렸습니다.

"점심 꼭 챙겨 묵어~"

밥상을 치우자마자 낫을 챙겨 공공근로에 나서면서도 제게 끼니를 당부하고 또 당부하셨습니다.

섬에서 나흘간 머물다 목포로 돌아오는 배에서 어머니의 밥상을 생각했습니다. 매일 아침상에 계란찜이 올라왔다는 사실을 기억했습니다. 일찌감치 일터로 나가는 바쁜 아침에 손이 더 가는 계란찜은 저를 위한 것이었습니다. 그러고 보니, 삼겹살과 동그랑땡도 번갈아 아침과 저녁 밥상에 올랐습니다. P선배가 좋아하던 찬이었겠지요.

마을회관에서 만난 이웃 어르신이 말씀하셨습니다.

"맛있게 묵어야제. 그래야(밥상 차린 사람이) 안 미안허제."

맛있게 잘 먹는 모습을 보여 드려야 했는데 어머니 보시기에 깨작거리지 않았는지 모르겠습니다.

곧 다가오는 추석에는 고향집을 찾은 자식, 손주들과 함께 시끌벅적 밥상에 둘러앉으시겠지요. 그 넉넉하고 털털한 웃음이 그려집니다. 연휴가 지나고 다시 밥상 앞에 홀로 앉으실 어머니의 허전하고 적적한 마음을 헤아려 봅니다.

섬을 떠나기 두 시간 전쯤 방에 앉아 기사를 마감하고 있는데 건넌방에서 전화벨이 길게 울렸습니다. 망설이다 받았더니 아침에 일 나

가신 어머니였습니다.

"점심 꼭 챙겨 묵고 가. 찬 없으니 '계란후라이'라도 해서 묵어."

어머니, 섬에 머무는 동안 정말 맛있게 잘 먹었습니다. 감사합니다.

'둘이 묵으이 맛나네.'

이 세상 못난 자식들을 민망하고 부끄럽게 하는 말입니다.

교황의 위로

프란치스코 교황이 집전하는 '윤지충 바오로와 123위 동료 순교자를 위한 시복미사' 사진공동취재 명단에 제 이름이 올랐을 때 그리 달갑지 않았습니다. 이른 토요일 아침에 100만 인파의 운집이 예상되는 곳에 일하러 가야 하는 것은 천주교인도 아닌 저에겐 어떤 축복도 되지 못했습니다.

가톨릭 신자인 한 선배는 저의 취재를 아주 부러워하며 '어디서 봐야 하나' '볼 수는 있을까' 걱정이 이만저만 아니었습니다. 교인들에게는 먼발치에서 점처럼 지나가는 교황을 보는 것만으로도 큰 축복인 모양이었습니다. 다시 생각했습니다. 비교적 가까이서 교황을 볼 수 있다는 것이 괜찮은 경험일 거라고 마음을 고쳐먹었습니다.

시복식이 열린 광화문광장에 인파는 일찌감치 넘쳤습니다. 취재비표를 받아 들고 자원봉사자의 안내로 미리 정해져 있는 취재단상에 섰습니다. 미사가 집전되는 지점에서 가장 가까운 취재석이라는데 교황의 자리까지는 까마득해 보였습니다. 게다가 무대 위 기둥들이 앵글을 방해했습니다. 섬세하게 고려하지 않고 단상을 만들었다며 투덜댔습니다.

미사 시간이 임박하자 교황을 근거리에서 찍을 수 있는 '근접' 완장을 행사 담당 공무원이 나눠 줬습니다. 좌우 단상 공동취재기자 중 내신 사진기자에게 배정된 완장은 딱 석 장. 이마저도 미리 정해져 있던 것인지 제가 섰던 단상의 선배 두 명이 완장을 받아 인파를 가르며 단상을 향해 걸어갔습니다. 저의 자리에서는 찍을 수 있는 게 별로 없었습니다. 그때 건너편 취재석에서 무대 접근이 불가능하다며 그쪽 몫의 남은 완장 하나가 저에게로 왔습니다. 무슨 은총처럼 말이지요.

교황청 직원의 명령 같은 안내에 따라 프란치스코 교황의 이동 동선에 따른 취재 위치에 섰습니다. 무개차를 탄 교황이 광화문 네거리 쪽에서 조금씩 가까워졌습니다. 신자와 성직자와 시민들이 일제히 “비바, 파파”를 연호했습니다. 교황은 오른쪽 왼쪽을 공평하게 돌아보며 손을 흔들었고, 몸을 숙여 손을 잡았고, 아이들을 안아 입을 맞추었습니다.

해외 영상이나 사진으로 봐서 익숙한 모습인데 ‘지금 바로 이 현장’의 느낌은 다른 차원이었습니다. 제 눈앞에서 벌어지고 있는 장면에 깊이 빠져들었습니다. 교황의 얼굴에 초점을 맞추며 쉬지 않고 셔터를 눌렀습니다. ‘평화로운’이라는 형용사를 붙일 수 있는 표정이란 저

런 것일까. 미사를 집전하는 모습도 미세한 표정들도 생생하게 바라볼 수 있었습니다.

사무실로 돌아와 프란치스코 교황의 사진을 골라내는데 현장의 느낌들이 묘한 여운으로 다가왔습니다. 교황의 축복일까. 사진은 그의 메시지와 더불어 더 묵직해져 보였습니다.

“막대한 부 곁에서 비참한 가난이 소리 없이 자라나고, 가난한 사람들의 울부짖음이 좀처럼 주목받지 못하는 사회 안에 살고 있는 우리에게 순교자들의 모범은 많은 것을 일깨워 줍니다.”

그는 우리 사회가 치유하지 못하는 아프고 상처받은 이들에게 가장 먼저 손을 내밀었습니다.

광장을 뒤덮은 인파도, 그의 일정과 메시지로 채운 뉴스도 위로가 필요한 우리 사회의 타는 갈증으로 느껴졌습니다.

맥주 한 잔

날이 정말 덥습니다. 땀을 비처럼 흘리며 수락산에 올랐습니다. 꽤 높이 올라 서울 시내를 내려다봤습니다. 탁 트인 시야에 오랜만에 가슴이 뻥 뚫리는 것 같더니, 밑도 끝도 없이 굴뚝농성 중인 박준호 씨가 떠올랐습니다.

'굴뚝 위는 지금 얼마나 더울까.' '좁은 공간에 달궈진 시멘트와 철제 난간은 얼마나 뜨거울까.'

2017년 여름, 비정규 노동자를 위한 쉼터인 '꿀잠'을 짓는 공사 현장에서 준호 씨를 만났습니다. 그와 두세 차례 같이 작업을 했습니다. 당시 취재일기에 그에 대한 한 장면이 남았습니다.

『"오늘 시마이~" 하고 외친 박준호 씨가 부루스타에 쥐포를 구웠다. "물보다 시원합니데이~" 맥주 한 깡통을 내게 건넸다. 그는 내내 싱글벙글했다. "즐겁게 일하니까 힘든 줄도 모르겠네요." 이 더위에, 무보수에도 말이다. 여전히 거리에서 싸우고 있는 그에게 '꿀잠'은 그런 곳이었다. 이날 작업이 끝나자 박 씨와 노순택 사진가 등은 콜트콜텍 해고 노동자들의 문화제가 열리는 광화문 농성장으로 향했다. (2017년 7월 25일)』

파인텍 노동자 박준호 씨는 동료 홍기탁 씨와 그해 11월 목동 열병합발전소 75m 높이의 굴뚝에 올랐습니다. 파인텍의 모기업인 스타플렉스가 노조와 약속한 고용 승계, 단체협약 등을 이행하지 않았기 때문

입니다. "땅에서 더 할 수 있는 게 없었습니다." 준호 씨가 '하늘감옥'이라 불리는 곳에 스스로를 가둔 이유입니다. 그리고 200일이 넘었습니다. 겨울을 보내고 봄을 지나 세 번째 계절을 맞고 있습니다.

고공농성을 시작한 지 한 달이 넘어서던 2017년 12월, 굴뚝 사진을 찍으면서 생각했습니다. '농성 1년이 되는 날에 좀 특별한 기획사진을 내보일 수 있을까?' 잔인하고 끔찍한 설정이라 고개를 저었지만, 농성이 길어지리라는 건 어느 정도 예상을 했습니다. 하늘감옥의 옥바라지를 하고 있는 동료 차광호 씨가 앞서 408일 동안 했던 고공농성의 서럽고 아픈 기록이 떠올랐기 때문입니다.

우리 사회에서 '노동과 노동자의 자리'를 상징적으로 보여 주는 것이 저 굴뚝농성입니다. 외치는데 들어주는 이가 없습니다. 농성이 길어져 다시 새로운 기록이 세워질 때쯤 이 사회가 관심을 가지게 될까요. 땅에서 미안했습니다.

준호 씨는 저와 동갑입니다. 삶의 환경과 조건들, 우연과 그 앞에 놓였던 수많은 선택들이 같은 해에 태어난 그와 저를 굴뚝 위와 아래로 나누었습니다. 어쩌면 저 '굴뚝'에 제가 올랐을 수도 있는 일이었습니다.

"시원합니데이~" 기록적으로 뜨거웠던 여름날에 준호 씨가 땀을 비처럼 쏟고 있는 저에게 건넨 차가운 맥주의 맛이 지금 입안에서 또렷하게 감각되고 있습니다. 굴뚝농성은 언제까지 계속돼야 합니까. 제가 준호 씨에게 시원한 맥주 한 잔을 건넬 날이 서둘러 왔으면 좋겠습니다.

'중2'의 가족여행 사진

파리에서 찍었던 사진을 모아 둔 폴더를 열었습니다. 똑딱이 카메라로 1000장쯤 찍었습니다. 파리 여행을 했다는 사실을 이 정리되지 않은 사진들만이 증명해 주고 있었습니다. 그중 유독 '현명이' 사진이 미소 짓게 합니다. 제 딸입니다. 딸내미는 지금 무시무시한 '중학교 2학년'입니다.

아내가 돈 모아서 파리에 꼭 가 봐야겠다고 했을 때 애써 외면했습니다. 잊을 만하면 파리를 들먹이던 아내가 딸아이와 추억을 만들 마지막 기회라고 한 말에 움찔했습니다. 이미 엄마 아빠랑 같이 다니기 싫어하는 나이지만 앞으로 기회는 더 없을 거라는 뜻이었습니다.

'아빠와 함께하는 파리 여행.'

뭐, 제목은 근사하지요. 통장 잔액을 탈탈 털어 파리로 향했습니다.

'남는 건 역시 사진'이라는 진리의 신봉자로, 비싼 돈 들였으니 아이의 추억이라도 부지런히 기록해 주자며 작은 카메라를 꼭 쥐었습니다. 사진 속에는 늘 빠져 있는 아빠. 훗날 그 아빠의 시선이 담긴 사진을 보며 눈시울을 붉히는 딸. 어딘가에서 본 듯한 장면을 상상하며 혼자 먹먹해지기도 했습니다.

여행을 시종 주도한 아내는 걸어야 많이 보고 더 느낄 수 있다는 굳은 신념으로 웬만한 거리는 걸었습니다. 차로 갈 거리도 걸었습니다.

매일 20㎞ 정도는 걸은 것 같습니다. 이런 여행을 중학교 2학년이 짜증을 내지 않는다면 그게 '사건'입니다. 웹툰을 보여 주겠다고 어르고 달래며 함께 걸었습니다. 그리고 틈틈이 딸아이 사진 찍기를 시도했습니다. 사진 찍기 '도전'이라는 말이 더 적절해 보입니다.

날쌘 딸을 제대로 담기는 힘들었습니다. 카메라를 들면 "찍지 마!" "아, 진짜 찍지 말라고!"라는 아이. 카메라를 드는 속도보다 더 빠르게 얼굴을 돌리고 가려 버리는 딸. 몰래 찍으려고 슬그머니 카메라를 드는 순간에도 금세 눈치채고 피합니다. 아빠 마음도 몰라주고. 몰라도 너무 몰라줘서 버럭 역정을 내곤 했습니다.

여행에서 돌아온 지 3개월이 지나 들여다본 딸아이의 사진이 좀 다르게 읽힙니다. 어쩌면 가족과 함께 여행을 간 중학교 2학년이 가장 잘 표현된 사진이 아닐까 싶었습니다. 예외적으로 한두 번쯤 포즈를 취해 주기도 했지만, 가리고 피하고 등 돌린 사진 몇 장이 '15살 현명이'의 기록이라는 생각이 들었습니다. 이 사진들이 훗날 파리 여행을 가장 재밌게 추억하는 단서가 되리라 믿습니다.

아이의 '중2병'은 점점 더 깊어 가고 있습니다.

행운을 드립니다

가끔 배우 사진을 찍습니다. 대개 배우 인터뷰는 카페를 한 층 또는 통째로 빌려 놓고 1시간 단위로 매체들이 돌아가며 진행됩니다. 인터뷰 장소를 확인하며 "또 여기군" 하는 곳이 있습니다. 사진 설명에는 특정 카페 이름을 쓰지 않아 '삼청동의 한 카페에서…'라고 표현되는 곳입니다. 이곳은 원래 팔판동입니다. 조선 시대에 여덟 명의 판서가 살았다고 해서 붙인 이름이라고 합니다. 하지만 그 일대를 통칭해 보통 '삼청동'이라고 씁니다.

이날 만난 배우는 강하늘. 인기 드라마 〈미생〉의 장백기 역할을 했다는 정도만 알고 있었지요. 서글서글하고 친근한 인상이 좋았습니다. 그는 개봉을 앞둔 영화 〈동주〉의 주연을 맡았습니다. 인사를 나눈 뒤 작업(?)에 들어갔습니다.

여러 차례 왔던 이 카페의 구조에 익숙했습니다. 최근 몇 년 사이에 찍은 배우 인터뷰 사진 중 절반 이상을 이곳에서 찍었습니다. 인터뷰에 앞서 보통 10분 정도가 사진기자에게 주어지는 시간입니다. 개성 있게 찍지 못해 늘 아쉬운 사진이지만, 10분의 시간은 모자란 사진에 대한 핑곗거리가 되기도 합니다.

보통 이 카페의 2층과 3층에서 촬영이 이뤄집니다. 배우를 세우고 앉히는 나름의 포인트가 생기더군요. 실내에서 두 군데쯤 찍은 뒤 마

지막 촬영 포인트는 3층의 야외 테라스입니다. 비바람, 눈보라가 휘몰아치지 않는 한 야외 테라스에 배우를 세웁니다. 배우들한테는 비밀인데 매번 이곳에서 '미션' 하나를 수행합니다.

야외 테라스 난간 앞에 배우 강하늘을 서게 하고 사진을 찍었습니다. 좁은 골목을 사이에 두고 맞은편 카페 3층 창가에 앉은 손님들이 난리가 났습니다. 건너 카페 손님들이 '이게 웬일이냐'며 서둘러 휴대폰을 들었습니다. 강하늘에게 주문했습니다.

"건너편에 손 한번 흔들어 주세요."

흔쾌히 손 흔들며 인사하는 배우 강하늘. 그렇습니다. 이게 저의 미션입니다. 유명 배우와 마주 보고 인사까지 나눌 수 있는 기회는 우리 일상에서 그리 흔한 일이 아닙니다. 배우가 잘나갈수록 미션 수행의 성취감은 높을 수밖에 없지요.

아무리 잘나가는 배우도 촬영 중에 사진기자의 요구를 거부하지 않습니다. 난간 앞에 서서 건너편 창을 바라보게 하는 것은 저의 의지로 충분히 가능한 일입니다.

좋아하는 배우가 신작 영화를 찍고 개봉을 앞두고 있다면 '팔판동'을 찾으세요. 본인을 향해 웃으며 손 흔드는 배우와 인사를 할 기회를 드리겠습니다. 물론, 운이 굉장히 좋아야 합니다. 영화 제작사가 이 카페를 통째로 빌린 날, 어쩌다 배우 사진을 찍는 제가 이 카페에 사진 찍으러 가는 날이 바로 그날이겠지요.

아는 형님

'사진치유자'라 불리는 임종진은 제가 좋아하는 선배이자 친한 형입니다. 이웃 언론사에서 사진기자로 일하다가 어느 날 훌쩍 캄보디아로 떠나 국제구호기구 활동가가 되었습니다. 돌아와서는 '달팽이사진골방'이라는 사진교실을 열었습니다. 느리고 깊게 사유하는 사진 찍기를 슬로건으로 내걸었습니다. 이 정신없는 속도와 효율 만능의 시대에 말이지요.

그의 도전은 계속됐습니다. 뜻을 품고 대학원으로 가서 상담심리를 공부했습니다. 그리고 "인간의 존엄성을 회복하는 치유적 사진 행위"

를 개척하고자 사진치유자가 되었습니다.

예전에 그를 소개하는 키워드는 '김정일'과 '김광석'이었습니다. 6차례 방북해 '뿔 달리지 않은' 현지 주민들의 일상을 카메라에 담았고, 아마도 그런 이유로 김정일이 아는 남한의 유일한 사진기자일 거라는 얘기도 들렸습니다. 이 시대 중년들에겐 신화가 된 가수 김광석과의 인연도 특별합니다. 남겨진 김광석의 수많은 사진은 대부분 그의 손끝에서 나왔습니다. 임종진이라는 사람의 시선과 깊이를 짐작할 수 있는 대목입니다.

그는 사진치유자로서 2015년부터 간첩조작 사건 고문 피해자들의 사진치유 프로그램을 진행해 왔습니다. 고문 피해자들이 자신이 고문 받던 현장을 찾아가 직접 카메라를 듭니다. 반복되는 행위 속에서 고통과 상처를 바라보고 또 덜어 낼 수 있게 하는 것이지요.

고문 피해자들의 사진치유 전시를 준비하는 과정에 몇 군데 고문 현장을 따라가 보았습니다. 현장에서 셔터를 누르는 피해자들은 한결 마음이 편해졌다고 했지만, 기억 속 아픔은 어쩔 수 없어 보였습니다. 과정으로써의 치유이지, 완치일 수는 없는 프로그램이라고 생각했습니다. 고문 피해자 어르신들이 고통스러워할 때마다 종진 형은 이들을 가만히 감싸 안아 주었습니다. 같은 고통의 표정을 지으면서 말이지요. 그 순간의 위로가 고문 피해자들에게는 더 큰 치유로 보였습니다.

사진치유자 임종진은 상대의 입장에 서서 곧 그 사람이 되어 보는 능력이 제가 아는 한 최고인 사람입니다. 아니, 그의 공감력은 과잉일지도 모르겠습니다. 과잉만큼의 상처는 그의 몫이 될텐데, 그것이 이 선한 치유자를 소진시켜 버리지 않을까, 정작 본인의 치유는 어떻게 해야 하나 걱정이 됐습니다.

간첩조작 사건 고문 피해자들의 자기 회복 과정을 담은 사진치유전 〈나는 간첩이 아니다-오늘을 행복하게 살아가려는 그들의 이야기〉는 '민주인권기념관'으로 문패를 바꿔 단, 인권유린의 상징적 공간 '옛 남영동 대공분실'에서 열렸습니다.

청춘을 응원합니다

"폴라로이드 사진 찍으세요~"

혜윤 씨가 서울 한 대학의 여름 학위 수여식장에서 졸업생과 가족들 사이에서 외쳤습니다. 북적이는 인파 속에서 나타났다가 바쁜 걸음으로 사라지기를 반복했습니다.

묵직한 디지털카메라와 사진앨범을 펼쳐 들고 영업을 하는 사진사들 속에서 그녀는 가벼운 폴라로이드 카메라를 들었습니다. '1장 1500원, 2장 3000원, 3장 4000원.' 큼지막한 종이에 손글씨로 쓴 가격표를 목에 걸어 시선을 끌었습니다.

방금 찍은 즉석 사진을 흔들며 건넬 때는 찍힌 고객들만큼이나 환한 표정을 지었습니다. 졸업식장에선 좀처럼 보기 어려운 폴라로이드 사진이 꽤나 인기였습니다. 익숙한 디지털 이미지보다 즉시 손에 잡히는 물질성과 한 장뿐이라는 유일성이 매력이었을까요.

혜윤 씨에겐 어떤 이야기가 있을까. 졸업식장에서 폴라로이드 카메라를 든 이유가 궁금했습니다. 그는 이 대학에서 사회학을 공부하는 학생이었습니다. "뭐라도 해 보고 싶었어요. 처음엔 젊은 취향의 꽃다발을 팔려다가 폴라로이드를 선택했어요. '중고나라'에서 카메라와 필름을 쉽게 구입할 수 있고, 쓴 다음에는 다시 내다 팔 수 있거든요." 장당 1000원쯤 하는 필름을 판매자와 흥정해 값을 절반으로 떨어뜨렸다고 했습니다.

목에 걸고 있던 즉석 사진 가격표가 인상적이었다고 하니, "교내에서 게시 기간이 지난 공모전 포스터를 떼어다 밤에 급히 그렸다"고 하더군요. 문구점에서 사려다 비 소식이 있어 재활용을 선택했답니다. "처음인데 장사가 잘됐어요." 목소리가 밝았습니다.

누가 대신해 줄 수 없는 한 번뿐인 청춘의 날에 복제할 수 없어 단 한 장만 존재하는 폴라로이드 사진을 찍는다는 게 잘 어울려 보였습니다. 부딪쳐 보는 청춘의 패기와 발랄함에 박수를 보냅니다. 사진 속 그의 모습에 고달픈 이 시대를 건너가는 청년들이 들어 있습니다. 청춘을 뜨겁게 응원합니다.

제3부

여수 밤바다에서 무엇을 보았나요

내 것이 되는 풍광

사진으로 밥을 버는 자에게 사진 찍기가 휴식일 리 없습니다. 멋진 풍광을 앞에 두고 온전히 즐길 수 있으려면 훗날 카메라를 내려놓은 뒤에야 가능한 일일 겁니다.

강원도 양양으로 출장을 떠났습니다. '낙산사의 홍련암'을 찍기 위해섭니다. 수없이 많은 사람들이 낙산사를 찾아 다양한 모습을 카메라에 담았을 테지요. 특히 홍련암은 카메라를 좀 다룬다는 이들이면 놓칠 수 없는 비경입니다.

포털 사이트에서 사진 이미지를 찾아보려다 꾹 참았습니다. 잘 찍은 사진을 미리 보면 그 사진이 어른거리고 결국 연연해 아류 사진을 찍게 될 것 같았습니다. 무엇보다 '발품'의 맛을 앗아가 버립니다. 잘 숨겨 놓은 보물을 찾는 심정으로 사진이 가장 잘 표현될 최선의 지점을 발견하고 싶었습니다.

겨울 바다에서 불어오는 칼바람을 온몸으로 받으며 홍련암과 의상대(정자) 사이를 수차례 왕복했습니다. 대여섯 걸음마다 카메라를 들어 앵글을 잡아 보았습니다. 서너 지점을 기억해 뒀다가 최종적으로 두 지점을 정했습니다. 발품을 팔아 찾아낸 더도 덜도 아닌 보물 같은 지점입니다. 한 발짝만 옆으로 가도 안 되는 딱 그 자리의 앵글이었습

니다. 물론 사진 고수들이 발견한 더 좋은 포인트가 있을 수도 있겠지요. 저의 시선과 기술로 표현할 수 있는 최선의 지점이라는 얘깁니다.

해 지기 전후, 다음 날 해 뜨기 전후에 삼각대를 받쳐 놓고 노출을 길게 주어 촬영을 했습니다. 눈으로 봐도 좋은 풍광이지만 긴 노출로 인해 사진에는 신비감이 더해졌습니다. 수고로움 없이는 좀처럼 내주지 않는 것이 풍경 사진입니다.

신문에 사진이 실리고 일주일쯤 지나서 홍련암 사진을 다시 보게 되었습니다. 사진을 찍던 순간 바라보던 풍광이 세세하게 되살아나는 듯했습니다. 편안하게 바라보았습니다. 참 좋은데 이걸 찍을 때 온전히 누릴 수는 없었을까.

공들여 바라봤던 풍광이 뒤늦게 오롯이 '내 것'이 되는 기분이었습니다. 이런 순간이 사진 찍는 이의 행복이기도 합니다.

새가 없는 풍경

대체로 딱딱하고 차가운 뉴스 사이에서 자연과 생태를 담은 사진은 숨통을 조금 틔워 줍니다. 요맘때면 한반도에서 겨울을 나는 철새 사진을 찍곤 합니다. 개인적으로 한 번도 찍어 보지 못한 석양 속 가창오리의 군무에 끌렸습니다. 가창오리를 검색합니다. 전날 올라온 한 개인 블로그에서 멋진 새 떼의 영상을 볼 수 있었습니다.

'그래, 이번에는 가창오리 한번 도전해 보자.'

전북 고창으로 향하는 길. 아침부터 잔뜩 낀 구름에 미세먼지와 황사가 더해져 대기 상태는 '나쁨'이었습니다. 이 상태로 저물녘에 군무가 펼쳐진다면 '가창오리 떼가 황사와 미세먼지 속에서 군무를 펼치고 있다'라는 사진 설명을 써야겠다고 마음먹었습니다. 미세먼지와 가창오리의 군무는 아직 봤던 기억이 없는 색다른 사진일 거라 생각하며 슬며시 미소를 짓기도 하였습니다.

오후 4시쯤 도착한 고창의 동림저수지. 찬 바람이 불어서인지 하늘이 맑고 깨끗해졌습니다. 석양은 더없이 좋을 거라 예상됐습니다. 망원렌즈를 카메라에 장착해 파인더에 눈을 대고 저수지 이곳저곳을 둘러봤습니다. 저물녘 주변의 빛은 점점 아름다워지고 있었습니다.

'그런데 왜 없지?' 가창오리 떼가 안 보였습니다. 물 위에서 작은 무리를 짓고 있긴 했지만, 장관을 연출해야 할 개체 수는 아니었습니다. '다 어디로 날아간 것일까?' 당황했습니다. 새가 당연히 있어야 할 곳에 새가 없다는 사실은 극도의 긴장과 함께 헛웃음을 불렀습니다. 다급해져 마을로 차를 몰았습니다. 주민에게 물었더니, 최근에 그런 군무를 본 적이 없다고 했습니다. 물 위에 새카맣게 앉았다가 해 질 녘에 일제히 날아오르는 장관을 물가에 사는 주민이 모를 리가 없지요.

'뭐가 잘못됐을까.' 그제야 복기를 합니다. 일단 블로그 영상을 의심했습니다. 그 날짜로 올린 영상이지, 그날 찍었다는 어떤 단서도 없었

다는 것을 깨닫게 됐습니다. 영상을 보자마자 들뜬 마음에 묻지도 따지지도 않고 서둘러 고창으로 내달렸던 겁니다.

당연히 찍을 수 있고 마감하고 다음 날 지면을 빛낼 수 있으리라 추호의 의심도 없었습니다. 막막해져 그대로 물가에 서 있었습니다. 해가 저물어 가는 동안 저수지의 수면과 산과 하늘이 노랗고 붉게 물들어 갔습니다. 날아오르는 새는 없었습니다. 그 예쁜 석양 위에 무수한 점들을 찍으며 새까맣게 날아올라 황홀한 군무를 펼치는 가창오리를 상상합니다. 눈앞의 아까운 풍광에 공허한 셔터를 눌렀습니다.

멋진 석양 위로 새 한 마리 없는 풍경을 바라봅니다. 인내가 미덕이라는 생태 사진을 급하게 덤비다 좌절한 게 한두 번이 아닙니다. 또다시 자연이 저를 향해 옐로카드를 들어 보이는 것 같습니다. 계획한 사진을 찍지 못해 무의미한 하루가 되었고, 같은 이유로 다른 의미를 새겨볼 수 있는 날이었습니다.

새가 있는 풍경

새가 없어 당황했던 고창의 아름다운 석양을 뒤로한 채 순천으로 향했습니다. 다른 철새를 수소문했고 다행스럽게도 순천만 습지에 흑두루미가 와 있다는 정보를 입수했습니다. 이 철새를 찍어 보기로 했습니다. '아, 흑두루미는 찍을 수 있을까.'

잠을 설쳤습니다. 순천의 숙소에 누워 밤새 떠드는 취객들의 말소리를 들었습니다. 불편한 잠은 다음 날 일에 지장을 주기 십상입니다. 전날 한풀 꺾인 자신감은 쉽게 회복되지 못하고 있었던 겁니다.

아침에 찾아간 순천만생태공원. 취재 지원을 담당하는 생태공원의 직원은 때마침 해외 출장 중이었습니다. 난감했습니다. 일단 전망대에 올랐습니다. 망원경으로 멀찌감치 앉아 있는 흑두루미의 존재를

확인했습니다. 확실히 새가 있다는 것에 안도했습니다. 어떻게 찍을지는 다음 문제였지요. 명예습지안내인이라는 분을 그곳에서 만났습니다. 저의 상기된 표정을 읽었는지 직원 대신 안내를 자처했습니다. 그는 순천만 습지의 기초 생태 조사와 자료 수집 임무를 맡고 있었습니다.

논에 앉아 낙곡을 먹는 흑두루미는 멀어도 너무 멀었습니다. 챙겨간 망원렌즈는 턱없이 짧았습니다. 그렇다고 새 가까이 다가갈 수도 없었습니다. 철새 보호를 위해 사람이나 차량 출입이 철저하게 통제되고 있었습니다.

"철새 사진은 인내를 갖고 지켜봐야 돼요." 슬슬 급해지는 제 마음을 읽었다는 듯 습지안내인이 툭 던졌습니다. "11시쯤 독수리가 날아오면 흑두루미 떼가 일제히 날아오를 수도 있어요." 희망의 말도 덧붙였습니다. 본 적 없는 독수리가 고마웠고 반드시 와 주기를 간절하게 바랐습니다.

얼마 후 방역차량이 생태공원 내로 진입했습니다. 재빨리 머리를 굴렸습니다. 이 차량을 얻어 타면 좀 더 가까이 갈 수 있지 않을까. 바로 그 순간에 흑두루미들이 논바닥에서 날아오르기 시작했습니다. "방역차량이 들어온다." 정탐을 담당하는 흑두루미가 무리에게 알린 모양이었습니다. 기다렸던 독수리가 아닌 방역차량의 엔진 소리가 흑두루미를 날리고 있었습니다. 눈앞에서 펼쳐지는 장면에 홀린 듯 셔터를 눌러 댔습니다.

흐려서 하얀 하늘에 수많은 검은 점들이 찍히며 다채롭고 역동적인 모양을 만들었습니다. 까만 점들의 군무를 보는 것 같았습니다. '아, 저 배경이 멋진 석양이었으면….' 옆에 있던 습지안내인은 새들이 나는 방향을 살피더니 갯벌로 이동하는 것이라고 했습니다. 흑두루미들이 갯벌로 날아가 버린 뒤의 텅 빈 하늘에 이번에는 안내인 추산 1500여 마리의 가창오리 떼가 뒤이어 군무를 펼쳤습니다. 전날의 낙담을 달래기라도 해 주려는 듯 말입니다.

또 물때가 잘 맞아 갯벌로 향하는 생태체험선을 탔고, 순천만의 물길을 따라 30분쯤 주변 경관을 둘러봤습니다. 갯벌에서 쉬고 있는 흑두루미를 가까이에서 카메라에 담을 수 있었습니다.

흑두루미의 군무는 처음 본다는 생태체험선의 관광객들이 "정말 좋다"며 탄성을 연발했습니다. 옆에서 철새의 종과 개체 수를 확인하던 습지안내인이 가만히 한마디 합니다.

"우리가 볼 땐 멋진 장면이지만, 쟤네들한테는 그냥 스트레스예요."

해 보세요, 그게 무엇이든

설 연휴가 끝나고 출근하니 강원 영동 북부 지역에 대설주의보가 내렸답니다.

'누굴 보내야 하나?' 부서장의 눈빛을 읽었습니다.

"제가 한번 가 볼까요?" 왜 그랬는지 말이 불쑥 튀어나왔습니다.

근데 이 '한번 가 볼까요?'라는 말에는 애매한 뉘앙스가 담겨 있습니다. '눈이 계속 내릴지 모르겠지만 일단 가서 한번 보고, 아니면 뭐, 마는 거죠' 같은.

'대설'이면 사건·사고의 범주에 드는 일입니다. 내린 눈의 성격에 맞는 사진을 찍어야 합니다. 인제군으로 진입하는 동안 날씨는 포근해지고 하늘은 파래졌습니다. 도로에는 큰 눈 아닌 작은 눈의 흔적도 희미했습니다. '한번 가 볼까요?'는 아주 적절한 표현이었다고 생각했습니다.

진부령이냐 한계령이냐 갈림길에서 한계령을 선택했습니다. 고개 너머 양양에서

자양

점심을 먹고, 서울-양양 간 고속도로를 타고 돌아갈 요량이었습니다. 고갯길 들머리의 완만한 경사로는 이미 제설 작업이 끝나 깨끗했습니다. 일찍 눈이 왔고 제때 제설 작업이 이뤄졌던 것이지요.

구불구불한 고갯길 가로 밀려 치워진 눈이 조금 쌓였고 나뭇가지에 걸렸던 잔설도 녹아서 뚝뚝 떨어지고 있었습니다. 대설이긴 했으되 대설갈이 찍지는 못하는 상황. 휴대폰에 고개를 묻고 맛집을 검색하다가 잠깐 고개를 든 순간, 차창 밖의 하얀 풍경과 마주쳤습니다. 해발 700~800m쯤 되는 지점이었습니다. 고개 정상 가까이의 눈은 아직 녹지 않았습니다. 잔설을 이고 있는 나무들이 정오를 막 넘어서는 햇빛을 받아 반짝거렸습니다.

애초 목적이 대설이었으므로 잠시 망설입니다. 이미 대설의 흔적은 사라졌다고 카톡 보고를 했습니다. 찍을까 말까를 망설일 때는 대체로 찍는 게 답입니다. 대설이라는 사건이 아니라 고운 풍경 사진을 찍게 되었던 겁니다. '가 보니 그림이 이렇습니다'라는 소위 면피용 증거 사진쯤으로 생각하며 몇 컷 눌렀습니다.

노트북에 사진을 띄워 놓고 마감할 사진을 두어 장 골라내다가 생각이 달라졌습니다. 애초에 기대했던 폭설 사진이 지금 이 풍경 사진보다 나았을까. 눈이 유난히도 귀했던 겨울이라 보기 드물었던 이런 설경 사진도 쓸 만하다고 판단했고 제법 후한 점수로 자체 검열을 통과시켰습니다. 사진에 정답은 없지만 아예 문제 자체를 바꿔 버렸습니다. 물론 대설로 인해 피해가 컸다면 쓰기 힘든 사진이었겠지요.

막 설 연휴를 지나서인지 눈 사진 하나에 제 삶을 포개 봅니다. 원하는 대로 되는 것이 그리 많지 않지만, 예측하지 못한 것들이 우연하게 삶을 채워 주는 순간이 있습니다. 가만히 있었다면 주어지지 않았을 선물 같은 순간들이지요.

언제든 기꺼이 자리를 차고 일어날 수 있는 새해이기를 스스로에게 주문합니다.

"일단 한번 해 볼까요? 그게 무엇이든, 그게 뭐가 되든."

바람 소리가 들려

사진기자들은 막바지 겨울 추위가 채 가시기도 전에 봄소식을 전하려 애씁니다. 봄을 사진으로 드러낼 때 쉽게 떠올리는 것은 역시 꽃입니다. 계절을 담아 지면에 게재된 사진은 실제 계절보다 조금 앞서가는 경향이 있지요. 급한 기자들은 서울 시내 화단 장식을 위해 비닐하우스에서 키우고 있는 봄꽃을 찍어 일찌감치 봄소식을 전하기도 합니다. 봄기운이 살짝이라도 느껴지면 서둘러 남도로 달려가는 것도 그런 이유입니다.

전남 광양의 매화, 구례의 산수유, 윤중로 벚꽃, 응봉산 개나리 그리고 전국 곳곳에 핀 목련과 진달래 등이 다투듯 지면에 등장합니다. 참신한 장소를 개척하거나 늘 가는 곳에서 좀 다른 앵글을 구사하는 식으로 매년 반복이 됩니다. 해 아래 새것은 없으나 반복되면 좀 지겹다는 것이 부담이긴 합니다.

봄이 깊어 가는데 뭐 좀 다른 게 없을까, 하다가 청보리를 떠올렸습니다. 꽃에 비해 자주 등장하는 소재는 아니지만 그렇다고 새로운 것도 아닙니다. 사진기자가 된 후 처음으로 고창의 청보리밭을 찾아갔습니다. 사진기자 16년 차에도 처음 가 보는 명소들이 여전히 많고, 가 보지 못한 곳은 더 많다는 사실에 살짝 조바심이 생깁니다.

평일이라 붐비지 않았습니다. 청보리밭은 푸르렀고 넓디넓었습니다. 주말의 봄맞이 인파 속이었다면 아마도 이 색과 공간을 온전하게 느끼지 못했을 겁니다. 봄꽃을 찍듯 앵글을 잡고 보리밭을 바라봅니다. 파인더 속에서 청보리가 누웠다 일어났다 하더군요. 그제야 피부에 와닿는 봄바람의 존재를 눈치챘습니다. 온기를 머금은 기분 좋은 바람이 보리밭 위로 흐르며 푸른 파도를 만들고 있었습니다. 일렁이는 청보리에서 "스스스스스" 봄바람 소리가 들렸습니다.

'오늘 사진의 주인공은 청보리가 아니라 봄바람이야.'

봄바람에 꽂혔습니다. 카메라 셔터 스피드를 저속(30분의 1초 이하)으로 놓고 청보리밭에 이는 바람을 찍었습니다. 청보리에 남겨졌다 사라지는 봄바람의 무늬를 새겼습니다. 바람을 드러내기 위해서 청보리는 얼마간 지워져야 합니다. 바람만 드러내면 청보리의 형체는 없어지고, 청보리를 잘 보여 주려 하면 바람이 지워져 버리지요. 소리와 움직임이 없는 사진이지만, 이날 찍은 사진에서 봄바람의 촉감과 소리를 느끼게 하고 싶었습니다. 그리될 수 있다면 얼마나 멋진 일입니까. 작자의 의도를 잘 읽어 낸 독자라면 가능한 일이리라 은근히 기대했습니다.

사진이 들어갈 지면을 편집하는 선배에게 청보리 사진을 보여 주며 너스레를 떨었습니다.

"사진에서 봄바람 소리가 들리지 않습니까."

'쎈스쟁이' 선배는 이 표현을 살려 사진 제목을 지었습니다.

"바람 소리가 들려."

속도라는 병

서울을 벗어날 때면 그것이 출장일지라도 설렘이란 게 있습니다. 북적거림과 답답한 공기를 벗어난다는 것이 상쾌하고 즐겁습니다. 무엇보다 도시를 빠져나오는 순간에 속도의 지배에서 멀어진다는 느낌이 더없이 좋습니다.

산수유가 만발했다 하여 전남 구례로 향했습니다. 꽃을 본다는 건 확실히 속도 반대쪽의 영역이지요. 느긋한 마음으로 꽃구경하며 즐기듯 사진을 찍어야지, 했습니다. 손꼽아 보니 네 번째 구례행입니다.

마감에 쫓겼던 지난 취재와 달리 당일 마감할 필요가 없는 일이어서 편안한 마음이었습니다. 경험과 연륜도 한몫 거들고 있었습니다. '이 여유를 즐겨 보자.'

주말 산수유마을의 들머리에는 축제의 일환으로 열리는 공연 무대를 만드느라 정신이 없었습니다. 꽃구경 온 차량들이 금세 꼬리를 물며 북적였습니다. 서둘러 내린 상

춘객들이 흐드러진 산수유꽃을 보며 저마다 한마디씩 감탄사를 토해냅니다. 모두들 빠른 걸음으로 밀려가고 밀려왔습니다.

신속하게 휴대폰을 꺼내 들고 사진을 찍습니다. 흡사 '지금 저 산수유꽃이 곧 져 버릴지도 모른다'는 강박을 보는 것 같았습니다. '누구도 길이 들여다보지 않고 느끼지 않고 그저 찍는구나.' 한 걸음 물러서서 느리게 보고자 했더니 주변의 속도가 느껴졌습니다. 고급 카메라를 든 한 여성은 사진을 찍다가 앵글에 방해가 됐는지 가지 하나를 툭 꺾었습니다. 망설임 없는 신속한 동작이었습니다. 이날 본 최고의 속도였습니다.

꽃구경길에 나서는 마음이란 게 삶의 속도에서 조금 벗어나 보자는 것일 텐데 속도에 익숙한 몸을 극복하지는 못하는 모양입니다. 꽃 보러 와서 꽃에 취하지 못하고 '근처 맛집이 어딘가?' '언제 출발해야 안 막힐까?'를 고민합니다.

저도 다르지 않았습니다. 여유를 부리다가 사진 찍기에 좋은 빛이 금세 지나갈까 싶어지자, 마음이 슬슬 급해졌습니다. 이미 손끝에 들어간 힘과 요란한 셔터 소리가 이를 증명하고 있었습니다. 제 몸에 기억된 속도가 곧 마음을 지배해 버렸습니다.

몰려드는 차량과 늘어난 인파에 기겁해 '서둘러' 마을을 빠져나오고 말았습니다. 서울로 향하는 차 안에서 아쉬운 듯 산수유마을의 밤을 그려 보았습니다. 온통 노란 해 질 녘의 마을과 그 위로 드리운 붉은 하늘빛의 어울림, 나뭇가지 사이로 선명하게 박혀 오는 별들, 밤에만 들려줄지도 모르는 자연의 소리들.

속도라는 병 때문에 놓칠 수밖에 없는 것들.

롯데
마트

여수 밤바다

출장지인 여수에서 그룹 '버스커버스커'의 노래 '여수 밤바다'를 흥얼거립니다. 그렇게 자주 들었어도 이어지는 가사가 떠오르지 않아 "여~수 밤바다~~어허어허허~~"를 구간 반복합니다. 더위에 지쳐 몸이 무거운데 머릿속에서 발랄하게 재생되는 중독성 있는 이 리듬, 대중가요의 힘입니다. 잠깐 잊었다 싶으면 어딘가에서 다시 흘러나오는 이 노래는 가끔은 '환청일까?' 싶기도 했습니다.

노래 때문인지 여수의 밤바다는 여수 여행에서 피해 갈 수 없는 코스가 되었습니다. 저에게도 '밤바다' 사진은 피할 수 없는 과제였습니다. 이미 다녀간 수많은 사람들에게 익숙한 이곳 밤바다를 좀 다르게 찍을 방법이 있을까 고심한 끝에 바다와 구도심의 야경을 한 앵글에 넣기로 했습니다. 그런 사진이 가능할 것 같은 구봉산에 올랐습니다.

해가 지고 주변이 어둠에 묻히기까지 제법 시간이 걸렸습니다. 차츰 어두워져 가는 여수 앞바다를 보며 셔터를 누릅니다. 어둠을 깊이 주시합니다. 그저 '어둠'이라고 부를 수밖에 없었던 어둠에도 셀 수 없이 많은 종류가 있다는 것을 깨닫습니다. 가장 적절한 분위기의 사진을 얻기 위해 점점 짙어지는 각각의 어둠을 카메라에 담았습니다.

한 컷 찍을 때마다 카메라 모니터를 통해 확인합니다. 노출이 부족해 그냥 까맣게 찍혀 버린 사진 한 장이 다시 셔터로 향하는 손가락을 붙들었습니다. 그리고 말을 합니다.

“내가 여수의 밤바다야.” 라고 말입니다.

밤의 바다라는 것의 실체는 사진 속 저 검은 바다이며 그 위에 빛이 새겨진다면 달빛의 길과 별빛의 반사 정도가 아닐까 생각했습니다. ‘그렇다면 내가 지금 찍고 있는 야경 사진은 바다를 둘러싼 각종 인공의 빛을 드러내는 것이 아닌가.’ 노래를 흥얼거리며 찬사를 보내는 낭만의 밤바다가 사실은 섬과 다리에 설치된 조명이 쏟아 내는 알록달록한 빛이 일렁이는 그런 바다였던가, 묻게 되더군요.

기억을 더듬어 봅니다. 가끔 밤바다가 보고 싶을 때 머릿속에 그렸던 이미지는 화려한 조명이 수놓은 그런 바다였을까. 밤바다에 대한 찬사는 인공의 조명에 많이 기대고 있었던 것을 인정해야겠습니다.

잘못 찍은 사진 한 장이 다시 한마디 보태는 것 같습니다.

"어두워야 진짜 밤바다지."

그렇다면 제대로 찍은 사진이라는 말이네요.

마지막 장맛비

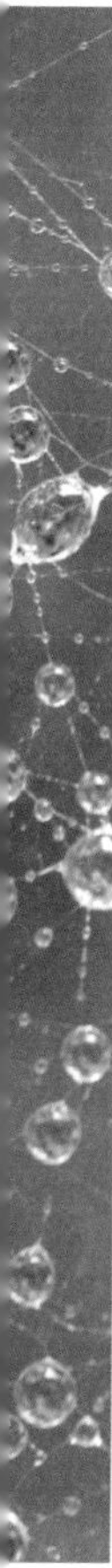

비라고 다 같은 비가 아닙니다. 비에도 특징과 성격이 있고 나름의 의미와 사연이 있어서 사진기자는 그에 맞는 사진을 찍으려고 합니다.

봄비, 장맛비같이 계절을 드러내는 비가 있고, 가물어 마른 땅을 적시는 단비, 물난리를 동반하는 폭우처럼 사건·사고성 비가 있습니다. 기다려지고 즐길 수 있는 비가 있고, 피해 갔으면 하는 근심스러운 비도 있습니다. 비의 속성에는 낭만과 공포가 함께 들었습니다.

마지막 장맛비가 내렸습니다. '도대체 이 비는 어떻게 찍어야 하나.'

지루하게 이어지는 장마의 끝을 표현한다면 보기 좋고 경쾌하면 될 것 같았습니다. 서울 부암동에 있는 백사실계곡으로 향했습니다. 머릿속에 그린 이미지를 찾아 헤맸습니다.

나뭇잎 사이에 쳐진 거미줄에 장맛비가 걸렸습니다. 촘촘하게 엮인 가는 실에 빗방울이 구슬처럼 꿰여 있습니다. 반짝이는 구슬 알알에 숲이 들어앉았습니다. 구슬 안 나뭇가지와 이파리에 매달린 수많은 구슬에 또 다른 숲과 나무들이 구슬을 꿴 채 들어 있을 테지요.

작은 빗방울 안에서, 그 무한한 반복에서 끝 모를 우주를 상상합니다.

끝을 기다렸던 장마 뒤에 폭염이 찾아왔습니다. 이 잔인한 더위가 길어지면 시원한 장맛비가 다시 그리워지겠지요.

순환은 진리입니다.

같은 하늘 아래

바람 좋고 하늘이 높습니다. "이런 날에는 어디론가 훌쩍 떠나고 싶다"고 맨 처음 얘기한 낭만적인 사람은 누구였을까, 문득 궁금해집니다. 이런 날씨에 여행을 떠올리는 건 어쩌면 우리 유전자에 새겨져 전해오는 것일지도 모르겠습니다.

무더위로 잠 못 이루다 요 며칠 제법 선선한 새벽 공기에 잠이 깼습니다.

비가 그치고 모처럼 푸른 하늘이 드러났습니다. 초가을 분위기를 담아 보고자 한강변으로 내달렸습니다. 여의도 한강공원에 도착하자 그새 구름이 하늘을 넓게 덮었습니다. 구름은 높고 그 사이로 보이는 하늘은 무수한 하늘의 색 중에 가장 이상적인 하늘색이었습니다.

산책로에 핀 코스모스를 찾았습니다. 아직 성긴 상태였지만 이 꽃을 걸고 하늘을 담아 볼 요량이었습니다. 어떤 이는 여름부터 피는 코스모스가 가을의 상징이라는 말에 고개를 갸웃거리지만, 절정인 계절이 가을이니 가을꽃이 맞습니다. 코스모스가 가을의 대표 꽃이 된 것은 무엇보다 높고 푸른 하늘과 가장 잘 어울려서일 것 같습니다.

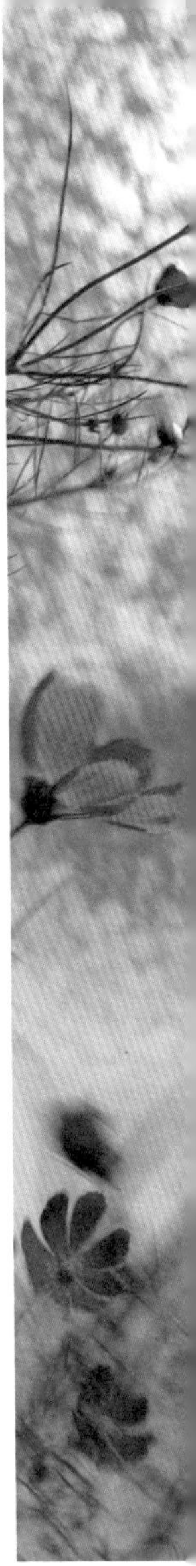

코스모스가 바람에 흔들립니다. 부쩍 높아진 하늘에 싱그러운 바람이 구체적인 가을의 징후였습니다. 바람과 꽃과 하늘을 한 앵글에 담았습니다. 많은 사진기자들이 저 푸른 하늘을 향해 카메라를 들고 있을 거라 짐작했습니다.

공교롭게도 이날 북한의 사진기자들은 초가을 기운 물씬한 저 하늘을 향해 쏘아 올린 탄도미사일 사진을 찍었습니다.

'코스모스와 탄도미사일.'

같은 하늘 아래 분단된 국가의 얄궂은 현실입니다.

나는 DMZ의 고라니다

남북정상회담(2018년 4월 27일) 이후 가진 팀 회의에서 한마디 툭 던졌습니다.

"한반도에 긴장도 완화되는데 'DMZ(비무장지대)의 생태' 어떻습니까?"

"그거 좋네. 해 봐." 팀장의 즉답이었습니다.

바로 막막해졌습니다. '한반도 긴장 완화'와 'DMZ'와 '생태'.

참 큰말입니다. 머리를 쥐어뜯었습니다.

'DMZ 생태를 찍겠다'는 건 쉽게 뱉을 말이 아니었다는 걸 팀장의 즉답만큼이나 신속하게 깨달았습니다. 군사 지역의 취재 가능 여부를 고려하지 않았습니다. 더 큰 문제는 생태에 문외한이라는 것이었습니다.

안 되겠다 싶어 '생태'를 지우고 그 자리에 '고라니'를 적어 넣었습니다. 막막했던 것이 확실하고 구체적으로 조여드는 느낌이었습니다. '고라니 역시 DMZ 생태의 중요한 구성 종이 아닌가.'

며칠 뒤, 고라니가 출몰한다는 철책선 앞에 서서 안쪽에 있는 물웅덩이를 주시했습니다. 고라니가 수영하며 연잎을 먹는 곳으로 알려진 곳입니다. 물웅덩이에는 고라니가 좋아한다는 연잎이 가득했지만 물속으로 들어올지 말지는 순전히 고라니에게 달렸습니다. 숨죽이며 기다렸습니다. 오감으로 전달되는 평온한 자연 앞에서 초조해하는 생명

체는 저 하나뿐이었습니다.

고맙게도 고라니는 나타나 주었습니다. 숲을 헤치고 나온 한 쌍의 고라니가 가만히 물속으로 들어갑니다. 천천히 헤엄을 치고 연잎과 줄기를 뜯으며 즐겼습니다. 카메라의 셔터 소리를 들었는지 가끔 철조망을 향해 고개를 들고 시선을 던지기도 했습니다.

요즘 같은 때라면 DMZ의 생태 사진은 '평화' '긴장 완화'라는 말을 붙여 쓰기에 좋을 것 같았습니다. 좀 더 머물며 사진을 찍고 싶었지만 욕심을 버렸습니다. 장병들이 저의 안전을 이유로 주위를 지키고 있는 게 미안하고 부담스러웠습니다.

사진을 찍기 전에는 고라니 사진 서너 장으로 기획 지면을 구성하려 했습니다. 하지만 딱 한 장이면 충분해 보였습니다. 여러 장은 쓸데없는 부연, 구차한 변명 같았습니다. 인간에겐 수십 년 동안 이어져 온 정치적, 군사적 긴장의 공간에서 고라니는 세상 어디에 있을까 싶은 가장 평화로운 모습으로 살고 있었습니다.

남북 정상들의 만남이 계기가 되어 찍은 사진이었으나, '남북정상회담' '북·미정상회담' '비핵화' '한반도 긴장 완화' '정전선언'같이 매체들이 최근 쏟아 내고 있는 단어를 배제하고 글을 쓰고자 했습니다. 애초에 '고라니 빙의' '고라니의 시점'으로 쓸 거라고 장난처럼 말했는데 실제로 그리되었습니다.

포토다큐 | 2018년 6월 23일자 |

'나는 DMZ 고라니다'

나는 고라니다. 풀숲에서 아침을 맞았다. 초여름 햇볕이 이른 아침의 찬 기운을 밀어냈다. 간밤에 함께 풀을 뜯던 녀석이 남쪽 물웅덩이에 '개연꽃'이 한창이라고 귀띔했다. 입안에 침이 고였다.

물웅덩이로 향하는 길은 늘 즐겁다. 이어지는 무더위에 물이 그립던 터였다. 거친 수풀을 헤치고 개활지를 만나면 겅중겅중 뛰었다. 인적이 없고, 천적도 드물어 살기 좋은 이곳은 남과 북으로 긴 철조망이 둘러쳐져 있다. 65년 전, 할아버지의 할아버지 때부터 정착해 살았다고 엄마가 말씀하셨다. 그때 이후 아무도 철책 밖으로 나가 본 적이 없다.

북쪽 평강에서 남쪽의 철원까지 4㎞쯤 걸었을까. 더운 공기 사이로 물 냄새와 연꽃향이 훅 끼쳐 왔다. 덤불 사이로 고개를 내밀었다. 저만치 물 위에 노란 개연꽃이 활짝 피었다. 주위를 살피며 다가갔다. 목을 축이고 발을 살짝 담갔다. 아 시원해. 연잎을 한입 크게 물었다. 연한 이파리가 입안에서 녹았다. 수영이나 한번 해 볼까. 이래 봬도 나의 학명 'Hydropotes inermis'에는 '물(Hydro-)을 좋아하는(-potes)'이라는 뜻이 들었다. 심지어 영어명은 '워터디어(water deer·물사슴)'다.

이 여유가 참 좋다. "착착착" 철책 너머에서 들려오는 낯선 소리에 놀라 고개를 들었다. 누굴까. 군 초소 쪽에서 나를 향해 카메라를 든 인간들이 나직한 음성으로 속삭이고 있었다. 무슨 일일까. 문득, 얼마 전까지 남쪽과 북쪽에서 경쟁하듯 들려오던 확성기의 소음이 사라졌다는 것을 깨달았다. "호로로로록" "휘휘루루" "끼야" "뻐꾹" 확성기에 묻혔던 새들의 노랫소리가 또렷하다 못해 투명하게 느껴졌다.

동물적 감각, '야생의 감'이라는 게 있다. 철책 밖의 분위기가 크게 바뀌고 있구나. 며칠 전 철원평야를 날아온 철새의 말이다. "모내기 끝난 논에 한반도기가 펄럭이고 있더라." 낙원의 평화와 아름다움 위로 대립과 적대의 긴장이 흐르던 이곳 '비무장지대'에도 변화의 기운이 전해지는 것 같다. 저 견고한 철책이 열릴 수 있을까. 바깥세상에는 무엇이 있을까.

기대와 설렘 속에 내 가족과 이웃 야생종들의 걱정이 하나 생겼다. 우리 삶의 터전이 망가지지 않겠냐고. 하지만 나는 믿는다. 인간이 그리 무정한 종은 아니라고 들었다. 어떤 변화에도 '공존'의 가치를 저버리지는 않을 게다.

나도 변하고 있구나

오랜만에 강원도 철원의 민통선 안, 좌우로 펼쳐진 농로는 불과 얼마 전에 왔다 간 듯 익숙했습니다. 따져 보니 10년 만입니다. 그때도 재두루미를 카메라에 담았었습니다. 훌쩍 건너뛴 세월이 서글프게 다가왔습니다.

드넓은 철원평야를 바라보고 섰다가, 입사하던 해에 난생처음 철새를 찍기 위해 찾았던 천수만 간척지가 겹쳐 보였습니다. 그 낯선 곳에서 '이런 데가 다 있나' 신기해하며 서 있던 저의 모습이 소환되기도 했습니다. 지평선이 아득하게 바라보이는 간척지에서 인류의 마지막 인간인 것처럼 홀로 남겨졌던 그 몇 시간을 기억하고 있습니다. 제 인생에 다시없을 진귀한 경험이었습니다. 쓸쓸함이나 두려움이 아닌 어떤

해방감과 고요한 안식 같은 것이 몸을 감쌌습니다. 뭔가 결여돼 있던 것이 채워지는 느낌을 기억합니다.

그런 충만함은 있었지만 좀 민망한 고백을 해야겠습니다. 그날 취재차량을 거칠게 몰아 간척지에 앉은 새 떼를 날게 했습니다. 그렇게 날아오른 새 떼를 찍어 '군무'라고 설명을 붙였습니다. 생태를 소중히 여기며 사진을 찍는 사진작가들이 분노하던 언론사 사진기자의 나쁜 행실이었습니다. 주변에 누군가 있었다면 차마 그리하지는 못했을 겁니다. '마지막 인류'의 만행이었습니다.

다시 17년의 세월을 건너 지금 철원에 서 있습니다. 저 멀리 재두루미 떼가 벼 벤 논에 가득 앉아 낙곡을 쪼고 있습니다. 취재차량은 멀찌감치 세웠습니다. 가까이 접근하기보다 쓸 만한 정도의 사진을 위한 최대한의 거리를 확보하겠다는 마음이었습니다. 인간의 적대가 만들어 놓은 민통선이라는 공간에서 평화와 안전을 누리는 철새들의 스트레스를 최소화해야 했습니다. 물론 스트레스를 주지 않으려면 취재 자체를 하지 말아야 하는 것이 답이긴 합니다. 그렇게 재두루미들이 연출하는 장관을 신속하게 촬영하고 민통선을 빠져나왔습니다.

요즘 차를 몰아 새를 날리면서 사진을 찍는 이들은 없겠지요. 생태 사진을 볼 때에도 피사체에 스트레스를 주는 행위자를 읽어 내는 밝은 눈들이 있다는 것도 인식하고 있습니다. 결과물로 얘기해야 한다는 연차 많은 사진기자이지만, 좋은 사진은 결과이기 전에 과정이라는 신념도 꽤 커졌습니다. 결과와 과정. 늘 갈등하는 지점이기도 합니다.

다시 찾은 철원평야. 그 찰나같이 느껴지는 시간 속에서 '그래도 나는 변하고 있었구나' 싶어 안도할 수 있었습니다.

백화산 청산이

충북 영동 백화산 자락에 안긴 반야사는 해가 일찌감치 기울었습니다. 일학 스님과 차담을 나눈 뒤 캄캄해진 대웅전 앞마당으로 나가 보았습니다. 방금까지 실내조명에 적응된 눈에 서서히 밤하늘의 별들이 들어오기 시작합니다. 어둠에 눈이 익숙해지자 하늘 가득한 별들이 시야를 압도합니다. "아~~~" 이 광경을 적절하게 표현할 말을 찾지 못하겠습니다.

별들을 한참 올려다보며 6학년 어느 날 경상남도의 산골로 갔던 교회 수련회가 떠올랐습니다. 그때 어린 저의 가슴을 부풀게 했던 밤하늘의 은하수를 잊지 못합니다. 신비롭고 조금 두려웠습니다. 이후에 세뱃돈을 모아 싸구려 천체망원경을 사서 잘 보이지도 않는 하늘을 살피곤 했습니다. 템플스테이 취재 온 절간에서 별을 보다가 교회 수련회를 떠올리는 게 재밌는 상황이다 싶어 혼자 웃어 봅니다.

이른 아침, 반야사의 전경을 찍기 위해 산을 오르기로 했습니다. 사찰만큼이나 유명하다는 삽살개 '청산이'를 앞세웠습니다. 전날 저녁 공양에서 종무소 직원이 귀띔해 준 대로 "청산아 관음전 가자"라고 했더니, 청산이가 벌떡 일어나 앞장서서 안내합니다. 거리가 벌어지면 저만치 앞에서 저를 바라보며 기다려 주더군요. '저질 체력의 인간을 배려하는 영리한 개라니!'

계곡의 물소리와 아침 안개와 오색 단풍과 사찰이 한데 어우러졌습

니다. 온몸에 평안이 찾아들 수밖에 없는 풍광을 마주하고 서서 '이 느낌을 어떻게 온전하게 사진에 담아내나' 하는 근심에 젖어 듭니다. 오감을 지배하는 이런 경치를 오로지 시각적으로 풀어내야 하는 것이 고통이었습니다. 좋다고 생각한 지 얼마나 지났다고, 곧 '사진 번뇌'에 휩싸이고 마는 것은 사진기자의 업보인가 했습니다.

아침밥도 먹기 전에 초면의 사진기자를 따라나선 '청산이'는 이 좋

은 곳에서 마음을 놓지 못하는 어리석은 인간을 위로하듯 두 시간이 넘도록 곁을 가만히 지켜 주었습니다.

산에서 내려와 아침 공양을 하던 중에 '청산이'의 기특한 행동에 대해 나름의 감동을 늘어놓았습니다. 이를 듣던 사찰 직원이 분위기 없이 툭 뱉습니다.

"겁이 많아서 그런 거예요."

생라자르역에서

프랑스 파리. '또 언제 오겠나' 싶은 여행지에서 강행군을 이어 갔습니다. 그림을 좋아하는 아내를 군소리 없이 가만히 따라다녔기 때문입니다. 부부가 함께 가는 여행의 기본이며 절대적인 마음가짐이라고 지인들이 귀띔해 주었습니다.

이날 일정은 파리 북부의 어느 벼룩시장부터 시작했습니다. 주체적으로 일정을 짜지 않고 그저 따라다니다 보면 지명이 머릿속에 남지

않는 모양입니다. 이어 몽마르트르 언덕에 올랐고, 성당과 인근의 피카소가 살던 집, 고흐가 살던 집 등에서 기념사진을 찍고 미술관이 된 모로의 집까지 둘러봤습니다.

종일 걸었고 해가 뉘엿뉘엿 기울 무렵 몸도 비스듬히 넘어가는 느낌이었습니다. 아내가 가자는 대로 졸졸 따라다니다가 살짝 뿔이 났습니다.

'생라자르역.' 그때 기차역 이름 하나가 번쩍하고 떠올랐습니다. 거리를 오며 가며 이정표로 몇 번 스쳤고, 저에게도 익숙한 이름의 역입

앙리 카르티에
브레송의
'생라자르역
뒤에서'(1932)

니다. 지도를 보니 마침 있던 곳에서 그리 멀지도 않았습니다. 걸어서 갈 만했습니다.

여행 와서 제 의지로 찾아간 첫 장소이자, 마지막 장소가 아니었을까 싶습니다. 생라자르역 하면 조건반사처럼 떠오르는 인물이 있습니다. '앙리 카르티에 브레송.' 애초에 역 이름이 자주 눈에 띄었던 것도 브레송과 관련이 있었기 때문입니다. 브레송의 사진 미학인 '결정적 순간'의 대표작이 '생라자르역 뒤에서'(1932)입니다.

종교인들이 성지를 찾는 것만큼 절실하지는 않았을지 모르지만, 비슷한 부분도 있다고 생각합니다. 브레송이라는 사진 거장의 대표작이 찍힌 곳이라는 점에서 말이지요. 바로 그런 현장이 사진기자인 저에게는 성지가 아니겠습니까. 게다가 사진의 도시 파리가 아닙니까.

역을 보자마자 조금 설렜습니다. 브레송의 옛 사진 현장을 눈으로 확인할 수 있을까. 검색해 찾은 사진을 유심히 살핀 뒤 그와 비슷한 배경을 찾아 역 주위를 걸었습니다. 84년이 흘렀지만(2016년) 이곳 파리에서는 그 모습 그대로일 것 같다는 믿음이 있었기 때문입니다. 아니나 다를까 사진 속 배경과 비슷한 기차 역사의 지붕과 시계탑을 발견했습니다. 브레송이 섰을 법한 위치를 찾아보았습니다. 딱 그 위치는 아니었지만 비슷해 보이는 배경을 찾아 그 자리에 서 보았습니다.

'브레송이 저 역사를 바라보고 있었고, 80여 년이 지나 내가 그 자리에 섰구나.' 그는 기다림 끝에 배경에 걸린 포스터의 무용수와 같은 동작으로 물 위를 뛰어 건너는 한 남성의 '결정적 순간'을 포착했고, 저는 그냥 눈앞의 '순간'을 찍었습니다.

생라자르역에서 예기치 못한 흥분을 경험하면서 제가 사진을 찍는 일을, 사진기자라는 직업을 여전히 좋아하고 있다는 것을 새삼 확인할 수 있었습니다. 이 기분 좋은 설렘은 파리 여행 중에 유일하게 '나의 의지'로 찾은 장소여서일지도 모릅니다.

산복도로의 매력

부산이 새롭게 보였습니다. 어릴 적 살던 곳이지만 생활 반경이 크지 않아선지 잘 몰랐습니다. 서울 생활에 문득 부산이 그립다고 느껴질 때는 대부분 해운대나 광안리의 바다를 떠올렸던 것 같습니다. 부산은 바다가 있어 참 매력적인 곳이지만 바다만 있는 것이 아니지요. 부산은 산이 많은 곳입니다. 부산의 어원도 산과 관련이 있습니다. 제가 다녔던 학교의 교가에도 금정산, 쇠미산 등 산이 꼭 들어갔습니다.

여행 지면에 들어갈 사진을 찍기 위해 부산에 왔습니다. 주제는 '산복도로'. 산 중턱을 지나는 도로를 산복도로라 합니다. 부산 전역에 이런 도로가 30㎞나 되는 건 산 중턱이 서민들 삶의 터전이었기 때문입니다. 산복도로와 주변의 동네는 바다만큼이나 부산의 모습입니다. 시간이 켜켜이 쌓인 골목과 낡은 집에는 저마다의 서사가 있겠지요. 산복도로에 이야기가 입혀지자 찾아오는 발걸음도 늘었습니다.

부산 동구 초량동에는 산복도로변 마을까지 오르는 초량 이바구길의 '168계단'이 잘 알려져 있습니다. 168개의 계단이 아득한 급경사를 이루고 있습니다. 힘겹게 올라선 계단 위에서 내려다보면 아래로 부산역과 그 뒤로 항구가 보입니다. 한국전쟁(6·25) 때 피란 와서 산 중턱에 정착한 주민들은 멀리 배가 들어오는 것을 내려다보고 있다가, 지게를 진 채 이 계단을 뛰어 내려갔습니다. 먼저 가야 부두의 일거리를 받을 수 있었기 때문입니다. 계단이 가파를수록 부두로 향하는 길은

빠를 테지요. 힘겹게 하루하루를 살아 냈던 산복도로 마을 사람들의 애환이 그대로 스민 계단입니다.

산복도로에서 보면 저 멀리 굽이치며 이어지는 또 다른 산복도로와 마을들이 시야에 들어옵니다. 바라보고 있노라면 과거의 시간으로 빨려 들어가는 것 같습니다. 해가 지자, 산 중턱에 꼭 레고블록을 쌓은 것처럼 보이는 집들이 불을 밝히기 시작합니다. 어둠 속에서 하나둘씩 또렷하게 일상이 드러났습니다. 주위를 둘러싸고 있는 산은 겹겹이 포개진 삶들에 자리를 내주고 어둠에 묻혀 갔습니다. 어두워지며 드러나는 이 보석 같은 삶을 사진에 담아 보려 했습니다.

여행면의 사진은 보기 좋게 찍고 때론 비현실적으로 표현할 때가 있습니다. 사진을 보고 여행을 하고 싶어져야 하니까요. 산복도로변 마을의 야경을 바라보며 다소 낭만적으로 보이는 사진과 그 안에 낭만적이지 않을 것 같은 현실의 삶을 동시에 생각하지 않을 수 없었습니다.

거짓의 거짓

물에 투영된 겨울나무와 석탑이 선명합니다.
한 폭의 산수화인 듯 시선을 붙잡습니다.
아래위를 뒤집어도 같은 그림입니다.
무엇이 실재이고 무엇이 현상인지 혼란을 일으킵니다.

바람이 불고 빛이 변하면 허무하게 사라지는 쪽이 물그림자입니다.
땅을 딛고 선 것과 달리 물에 투영된 것은 부재의 불안이 스며 있습니다.
눈을 즐겁게 하면서도 만질 수는 없는 그저 신기루입니다.
그래서 거짓입니다.

20여 년 전 복원했다는 저 석탑은 본래의 탑도, 백제의 탑도 아닙니다.
그러니까 가짜를 투영하고 있는 연못 속의 거짓이라.
거짓의 거짓은 참입니까, 더 큰 거짓입니까.

내 삶에는 얼마만큼의 거짓이 들었을까요.
상념이 물그림자처럼 일렁이는 아침입니다.

제4부

그래도 "하쿠나 마타타"

살람
에티오피아

에티오피아 수도 아디스아바바에서
남쪽으로 수백 km 떨어진 훌라는
한 국제구호단체의 사업장이 있는 곳이다.
그곳에서 현지인의 밥상을
들여다보고 세계의 먹거리를 찾아,
'지구의 밥상'을 취재했다.

"아디스아바바." 입안에서 반복해 발음하다 보면 왠지 아프리카적 낭만이 고여 드는 것 같습니다. 에티오피아의 수도 아디스아바바에 내렸습니다. 이동하는 동안 공항 앞에서 손님을 태우려는 낡은 택시들이 제일 먼저 시선을 끌었습니다. '저 택시들이 과연 달릴 수는 있을까.' 30년은 더 돼 보이는 택시는 그야말로 '너덜너덜'했습니다. 차를 오래 타는 것도 미덕이지만 안전이 의심될 지경이었습니다.

해발 2400m의 에티오피아의 수도는 선선했습니다. 이곳 날씨는 출장을 준비하며 알게 되었습니다. '아프리카는 덥다'는 걸 진리로 알고 산 지난 세월이 좀 허망했다고나 할까요. 공항 가까운 호텔에서 하루를 묵었습니다. 길 위에서 목격한 현지인들의 남루한 모습과 그 속에 우뚝 서 있는 호텔은 별개의 세상인 양 따로 존재하고 있는 것 같았습니다.

다음 날 아침 취재 지역으로 향했습니다. 아디스아바바에서 남쪽으로 370㎞, 주도인 '아와사'에서 95㎞ 떨어진 '훌라'라는 곳입니다. 수도를 벗어나는 데 꽤 시간이 걸렸습니다. 남쪽으로 향하는 외길에는 중앙선도 명확하지 않았고 신호등도 없었습니다. 오가는 차량과 끼어들 기회를 잡지 못하는 차들이 꼬인 채 아수라장이었습니다. 거북이 행렬의 차량들이 내뿜는 매연으로 눈과 코가 매웠습니다. 트럭이며 승용차의 상당수가 공항에서 본 택시 수준이었으니, 이 도시가 매연을 감당하는 것은 불가능해 보였습니다.

도시를 벗어나자 탁 트인 초원이 펼쳐졌습니다. 교차로도 없이 오로지 직진인 왕복 2차선 도로를 하염없이 달렸습니다. 소나 염소 등

가축 떼들이 자기네들의 영역이라는 듯 느릿느릿 도로를 가로지르곤 했습니다. 초원에 풀어 키워서인지 가축들이 걸을 때 갈비뼈가 드러날 정도로 날씬했습니다. 공장식 사육으로 살이 오른 우리의 가축들과 비교가 되더군요. 말라서 부실해 보이는 저 가축들이 실은 더 건강하겠구나, 했습니다.

초원을 좌우로 나누는 외길을 따라 시장과 작은 마을이 간간이 나타났습니다. 길을 걷는 이들, 장사를 하는 이들 사이에서 무리 지어 앉은 청년들이 자주 눈에 띄었습니다. 특별히 할 게 없어 보이는 이들은 차량을 타고 지나는 우리 이방인들에게 시선을 던졌습니다. 그게 하루 일과처럼 보였습니다. '젊은 날 무료하게 반복하는 그 하루하루가 얼마나 낭비일까'라고 문득 생각했다가 곧 '당신들처럼 그렇게 여유 없이 사는 것은 인생의 낭비가 아닌가' 하는 그들의 답을 상상합니다.

'아와사'와 취재 지역인 '훌라'의 중간쯤 되는 곳에 숙소를 예약했습니다. 비포장도로를 따라 빈민가로 여겨지는 마을의 허름하기 짝이 없는 가옥과 북적이는 현지인들을 보며 제대로 된 숙박 시설이 있을까 의심했습니다. 낡은 집들이 듬성해지는 오르막길의 옅은 어둠 속에서 '아레가시로지'라는 간판이 나타났습니다. 로지의 철문이 열리고 대나무를 엮어 만든 아프리카 전통 가옥 여러 동이 우거진 꽃나무 사이로 보였습니다. 침대와 샤워 시설, 화장실 등 호텔급 시설을 갖췄습니다. 에티오피아 깊숙이 신비스럽기까지 한 이런 숙소가 있으리라는 건 꿈에도 생각하지 못했습니다.

로지의 밤은 특별했습니다. 로지를 둘러싼 철조망 너머에서는 밤새 하이에나가 울어 댔습니다. 밤의 적막 속에서 들려오는 울음은 바로 창밖에서 들리는 것처럼 또렷했습니다. "우~에오" "우~워워워" "우~워" "우~~~" 처음에는 하이에나 한 마리의 다양한 울음이라 짐작했습니다. 소리의 방향을 어느 정도 가늠하게 되자, 각기 다른 녀석들의 울음이라는 것을 알게 됐습니다.

밑도끝도 없이 조용필의 노래 '킬리만자로의 표범'에 등장하는 하이에나가 떠올랐습니다. "…먹이를 찾아 산기슭을 어슬렁거리는 하이에나를 본 적 있는가. 짐승의 썩은 고기만을 찾아다니는 산기슭의 하이에나. 나는 하이에나가 아니라 표범이고 싶다…." 하이에나는 왜 그리 '찌질'하게 그려졌을까. 표범과 비교까지 당하면서 말이지요. 그래서인지 그 울음이 더 구슬프게 다가왔습니다. 담장 너머에서 표범이 울었다면 이런 한가한 생각을 하지는 못했을 테지요.

하이에나의 울음에 귀를 기울이게 된 것은 밤마다 정전이 됐기 때문입니다. 전력이 부족한 지역이라 수시로 불이 나갔습니다. 아침 해가 뜨도록 전기가 들어오지 않는 날도 있었습니다. 주변에 다른 불빛이 있을 리 없어 초를 켜 놓지 않으면 전기가 나가는 동시에 암흑이 되었습니다. 바로 눈앞에서 손을 흔들어도 보이지 않을 정도였지요. 시각이 닫히면서 맨 먼저 귀가 열렸습니다. 시각이 다른 감각들에 차례로 자리를 내줬습니다. '쓸쓸함' '두려움' 같은 추상적인 감정도 손에

만져질 것 같았고, 맥락 없는 기억들이 살아나기도 했습니다. 시각이 완전히 닫힐 때 돋는 감각들의 이 선명한 느낌은 아주 새로운 경험이었습니다. 지금껏 얼마나 많은 빛 속에서 살아왔는지, 그 속에서 얼마나 많은 감각을 지우고 살았는지를 되돌아봤습니다.

캄캄했던 밤이 지나고 이른 아침 훌라로 향했습니다. 한국월드비전의 사업장이 있는 그 지역에서 '지구의 밥상'이라는 기획취재를 할 예정이었습니다. 그 나라의 밥상을 들여다보고 세계의 먹는 문제에 대해 얘기해 보자는 기획입니다. 수풀 깊숙이 흩어져 꼭 감춰 놓은 것 같은 가정집을 사업장의 직원은 용케도 찾았습니다.

"살람~" 하고 인사하며 만난 가족들은 어른, 아이 할 것 없이 수줍어했습니다. 또 어른, 아이 할 것 없이 구멍이 난 옷을 입고 있었습니다. 옷으로 '밥상'의 궁핍을 짐작했습니다. 집과 부엌은 다진 흙 위에 지었

습니다. 끼니를 위해 불을 지피면 지푸라기를 엮어 덮은 지붕 전체에서 연기가 새 나왔습니다. 내부에는 새까만 그을음이 두껍게 눌어붙었습니다. 세간살이라고 할 것도 없었습니다. 최소한의 삶이었습니다.

해외에서 만나는 궁핍 앞에서 '삶의 만족도'나 '행복지수' 운운하는 것은 위선이라 생각했습니다. 절대적인 가난을 목도하면서 잠시 말을 잊었습니다. 마음은 좋지 않았지만 얼굴에는 미소를 시종 유지했습니다. 이곳에서 만난 누군가가 행여 저의 표정에서 동정을 읽어 내고, 그래서 수치심과 모멸감을 느끼면 안 될 일이지요. 그 누군가가 아이들이라 생각하면 더 끔찍한 일입니다.

저의 복잡한 심사와 무관하게 원주민들의 표정은 참 밝았습니다. 어쩌면 모두 공평하게 가난하다는 게 그 이유일지도 모릅니다. 너와 나의 처지를 비교하는 순간에 불행은 싹트는 것 아니겠습니까. 문명의 혜택을 크게 받은 자일수록 이들의 전통적인 삶이 미개해 보일 수 있겠지만, 관점을 달리해 보면 자연을 해치지 않고 자연과 더불어 살아가는 이들이라 할 수 있겠지요. 에티오피아에서 '가난'에 대한 정의와 생각이 복잡해졌습니다.

에티오피아에서의 사흘간은 휴대폰도 안 되고, 인터넷도 전혀 가능하지 않았습니다. 수시로 들여다보던 카카오톡과 페이스북도 전혀 할 수 없었지요. 이 빈틈없는 단절은 오히려 연결의 소중함을 일깨웠습니다. SNS와 인터넷에 심하게 기대어 산 모습도 돌아보게 되었습니다. 뉴스를 본의 아니게 끊게 되었던 3일이 돌이켜 보면 해방과 평화로움의 시간이었습니다.

일정을 마무리하고 아디스아바바 공항에 도착했습니다. 기다렸다는 듯 휴대폰을 들어 와이파이를 잡고 카톡과 페북을 연결했습니다. 지난 며칠의 '평화롭던 고립'을 신속하게 보상받으려는 듯 말이지요. '난 이미 중독'이라는 것을 증명하고 말았습니다.

그 눈망울이 아팠다

방글라데시 콕스바자르는 세계에서 가장 긴 해변을 가진 휴양지이자, 미얀마 국경과 접한 거대한 난민촌이다. 박해를 피해 미얀마를 탈출한 로힝야족을 카메라에 담았고, 그들의 눈빛을 가슴에 담았다.

걱정 쫓는 주술 '23'

방글라데시로 향하는 비행기는 늦은 밤에 떴습니다. 일찌감치 출장 가방을 싸 놓고 동네 북카페에서 상영하는 영화를 보러 갔습니다. 영화는 팔레스타인 가자지구 난민의 실화를 바탕으로 한 〈노래로 쏘아 올린 기적〉(하니 아부 아사드 감독)이었습니다. '난민 취재를 떠나는 날에 그 많은 영화 중 하필 난민 소재의 영화라니.'

가수의 꿈을 키워 온 팔레스타인 가자지구 난민 청년 아사프가 이집트로 탈출, 세계인들의 주목을 받는 오디션 프로그램 〈아랍 아이돌〉에 출연해 우승을 차지한다는 내용입니다. 가자지구 난민들에게 희망을 전했다는 자막이 눈에 들어왔고, 실화 주인공의 실제 우승 장면과 가자지구 사람들이 환호하는 모습이 마지막 화면을 채울 때 뭉클했습니다.

영화의 엔딩 크레디트가 올라가는 동안 생각했습니다. '지금 미얀마를 탈출하는 로힝야족에게는 어떤 희망이 있을까.' 당장 인종청소라고 불리는 미얀마 군부의 살육과 박해를 벗어나는 것이 희망일 테지만, 언제까지 달고 살아야 할지 모르는 난

민이라는 꼬리표는 긴 절망의 시작인 셈입니다. 영화 자막에 '가자 난민에 희망을 주었다'는 것도 며칠의 즐거운 얘깃거리와 위안이지 않았을까 짐작합니다.

이틀 후, 실제 난민의 삶을 카메라에 담게 된다는 사실이 부담되고 걱정스러웠습니다. 우연히 보게 된 영화 탓일까. 영화 장면 중 "페이스북 페이지에 23개의 댓글"이 언급되는 부분이 번쩍하고 지나갔습니다. 전날 보건소에서 구입한 말라리아 알약이 놀랍게도 23알이었지요. '23'이라는 숫자와 난민 취재 출장을 앞두고 보게 된 난민 영화가 괜찮은 암시라고 주문을 걸어 보았습니다.

먼 길이었습니다. 인천공항에서 싱가포르까지 6시간, 다시 방글라데시 다카까지 4시간, 현지 국내선을 갈아타고 난민촌이 있는 콕스바자르까지 1시간여. 대기 시간까지 합쳐 20시간쯤 걸렸습니다. 콕스바자르 공항은 시외버스터미널 같았습니다. 수하물은 활주로에서 공항 직원들이 끌고 오는 대형 카트에서 직접 찾았습니다. 현지의 신혼부부 여러 쌍이 눈에 띄었습니다. 이곳은 세계에서 가장 긴 해변을 가진 내국인들의 휴양지이자 여행지였습니다. 휴양지와 난민촌이 공존하는 콕스바자르. 이 도시는 너무나 극적이었습니다.

차량과 자전거와 오토바이와 사람이 얽혀 있는 도로를 달려 롱비

치 호텔에 도착했습니다. 이곳은 세계 각국에서 적십자사와 적신월사 소속 구호 활동가들이 모여들자, 임시로 운영하는 난민지원사무소(PMO·Population Movement Operation)였습니다. 상기된 얼굴을 한 활동가들 사이에 끼어 안전 담당자로부터 난민캠프 내 활동 주의사항과 안전, 커뮤니케이션 담당자로부터는 취재 시 유의사항을 들었습니다. 예상했습니다. "하지 말라"는 말이 대부분이었습니다. '이 말을 곧이곧대로 듣는다면 사진 한 장 찍지 못하리라.'

난민지원사무소와 가까운 호텔에 짐을 풀고, 말라리아 알약 한 알을 털어 넣고, 모기에 물리지 않기 위한 필사적인 조치를 다 한 뒤 잠을 청했습니다. 긴 하루였습니다.

메인널고나

숙소 앞에는 전날 어둠에 묻혀 있던 해변이 아침 햇살에 반짝였습니다. 그 위로 파란 하늘이 청량했습니다. 과연 휴양지구나. 눈앞의 풍광을 보며 난민촌의 모습을 그려 보는 것은 쉽지 않은 일이었습니다. 첫 목적지는 로힝야 난민촌 중 하나인 '메인널고나(Mainnerghona)'.

난민촌까지는 차로 1시간 30분 거리였습니다. 2차선 도로에는 이곳의 주요 교통수단인 릭샤(좌석을 연결한 자전거)와 오토릭샤, CNG(좌석을 연결한 오토바이), 승합차, 버스, 트럭 등이 마구잡이로 엉켜서 달렸습니다. 사이사이에 사람들이 위태롭게 끼어들었습니다. 일행이 탄 승합차의 운전기사는 자동차 경적 위에 아예 손을 얹어 두고 쉼 없이 울려 대며 달렸습니다. 개인 성향이라 하기에는 좁은 도로에 경적 소리가 넘치고 넘쳤습니다. 한 뼘 차도 안 나게 스치듯이 지나가거나, 아예 차선을 넘어 마주 달려오는 차량과 릭샤들, 차와 부딪칠 듯 지나

가는 사람들. 정신없고 아찔했습니다. 곡예운전도 이런 곡예운전은 없습니다.

난민촌의 '임시거처'들이 시야에 들어왔습니다. 임시거처만큼이나 남루한 이들이 길가를 걸었습니다. 난민캠프까지 가는 길에 목격한 방글라데시 현지인의 삶도 크게 달라 보이진 않았습니다. 길가의 시장 좌판에 놓인 과일과 야채를 빼면 나머지는 온통 흙빛이 스민 색이었습니다. 마치 연출된 영화의 한 장면인 듯했습니다.

메인널고나 캠프. 도로 옆 작은 언덕에 난민들이 길게 줄을 섰습니다. 각국에서 온 활동가들이 구호물품을 나눠 줄 준비를 했습니다. 줄 지은 난민들은 이른 아침부터 내리쬐는 볕을 그대로 받으며 붙박이 정물처럼 그렇게 서 있었습니다. 제 카메라가 담은 난민촌의 첫 장면이었습니다.

언덕을 따라 나무를 세우고 비닐 천을 덮어 만든 난민들의 임시거처가 펼쳐졌습니다. 난민촌을 넓게 조망하는 사진을 찍기 위해 흙길

을 따라 높은 언덕으로 향했습니다. 거주자들의 시선들이 저와 일행의 걸음을 좇았습니다. 미얀마에서 소수 민족을 이뤄 살던 이들에게 한국인의 생김새는 확실한 구경거리일 테지요. 구호단체 조끼를 입은 일행을 향해 도움을 청하는 눈길로도 읽혔습니다. 하지만 바라볼 뿐 누구도 손을 내밀지는 않았습니다.

다닥다닥 붙은 천막 사이로 난 길마다 꼬마 아이들이 모여 놀았습니다. 어디서든 반겨 주는 이는 역시 아이들이었습니다. 눈이 마주쳐 손을 흔들어 주면 "깔깔깔" 웃으며 일제히 천막 안으로 사라졌다가, 다시 천막 사이로 하나씩 귀엽게 고개를 내밀었습니다.

30분쯤 걸었을까. 트럭 한 대가 흙을 실어 나르고 있었습니다. 언덕 위에 일본 적십자의 이동의료센터가 지어지는 중이었습니다. 일꾼들은 난민들입니다. 크진 않아도 벌이의 기회까지 주는 일석이조의 사업입니다. 10살쯤 됐을까 싶은 작은 몸집의 아이들이 자기 몸보다 큰 땔감 나무를 한 짐씩 지고 걸었습니다. 난민촌의 거친 길 위에는 어른, 아이 할 것 없이 어디로, 무엇을 향해 가는지 발걸음이 분주했습니다.

가장 높아 보이는 언덕에 올랐습니다. 하나의 난민촌이 한 시야에 다 들어오지 않았습니다. 60만 명 이상이 국경을 넘었다고 하니, 지금 보이는 것이 그중 얼마쯤 될까 가늠해 보았습니다. 그곳에서는 미얀마족의 일상이 내려다보였습니다. 물통을 이고 진 여성과 아이들이 가파른 경사를 파서 만든 흙 계단을 오르내렸습니다. 펌프를 이용해 물을 긷거나 몸에 물을 끼얹기도 했습니다. 이곳에서는 물이 가장 시급하고 중요하다는 것을 알 수 있었습니다. 저 물이 식수가 되고 밥 짓는 물이 될 테지요. 안전할까. 상하수가 제대로 관리될 리 없으니, 바닥으로 스민 물이 다시 펌프를 타고 올라올 것이 분명해 보였습니다. 언덕 사이에 저수지가 하나 있었습니다. 하늘은 파랗고 몇 조각의 구름이 떠 있었지만, 저수지의 수면에는 아무것도 투영되지 않았습니다. 그냥 흙탕물이었습니다.

구호품을 수령한 이들이 언덕을 걸어 올라왔습니다. 다시 배급 현장. 여전히 줄은 길었습니다. '토큰'이라 불리는 카드를 손에 쥔 난민들은 산더미처럼 쌓여 있던 구호품이 줄어들자 조바심이 드는 모양이었습니다. 부산한 틈을 타 슬쩍 새치기를 하는 이들이 여기저기서 쫓겨

났습니다. 난민들은 활동가들의 안내에 따라 카드 확인 후 서류에 손도장을 찍고 물품 쪽으로 이동했습니다. 말린 음식, 천막과 끈 등을 머리에 인 사람들은 긴 기다림이 끝나서인지, 필요한 물건이 떨어지기 전 손에 넣을 수 있어서인지, 짐의 무게에 눌린 채 옅은 미소를 지었습니다.

그때 난민들 사이에서 소란이 일었습니다. "왜 새치기를 보고만 있느냐?"는 아우성이었습니다. 카메라를 들었습니다. 카메라를 의식한 난민 몇이 옆줄에 선 이들과 팔을 뻗어 손을 잡았습니다. '무슨 의미일까?' 셔터를 누르자 손을 잡는 이들이 더 늘었습니다. 머릿속에선 '손 잡은 난민들'이라는 제목을 붙이고 '고난을 함께 극복하려는 의지를

보이고 있다'라는 근거 없는 사진 설명을 써넣고 있었습니다. 옆에 있는 활동가에게 슬쩍 물어보니, "줄 사이로 새치기를 못 하게 막는 것"이라고 했습니다. 웃고 말았습니다. 장난 같은 궁금증이 생겼습니다. '아무 설명도 없이 이 사진을 보여 주면 어떻게 읽힐까?'

첫날 일정에 욕심을 부렸습니다. 노르웨이·핀란드 적십자가 지원하는 현장병원(Field hospital)과 국경을 막 넘어온 로힝야족이 난민촌으로 이동하기 전 임시로 머문다는 유엔난민기구 임시대기지역(Transit reception area)도 방문했습니다. 불안하고 불편한 하루하루일 테지만 미얀마 군부의 총부리로부터 벗어난 안도감 때문인지 카메라를 바라보는 이들의 표정이 어둡지만은 않았습니다.

우기가 끝나 날이 선선해졌다고 하는데 낮 기온은 30도가 훌쩍 넘었고, 그늘 없는 난민촌은 뜨거웠습니다. 딱히 먹을 것도 없고, 대놓고 먹을 수도 없어서 점심을 걸렀습니다. 덥고 배고프고 지쳤습니다. 숙소로 들어가고 싶어졌습니다. 난민을 카메라에 담으면서도 고작 하루 일정에 고단함과 불편을 호소하는 저 자신이 한심해졌습니다.

'난민을 찍는 나는 한날 구경꾼에 지나지 않는가.' '시혜자의 오만함으로 그들을 기록하는 것일까.' '그렇다면 사진의 진정성을 얘기할 수 있을까.'

요란한 경적을 울리며 숙소를 향해 달려가는 승합차 안에서 몽롱한 상념들이 차를 따라 흔들렸습니다.

눈빛의 여운

다음 날, 일행의 승합차는 다시 미친 듯 경적을 울리며 난민촌으로 향했습니다. 거리의 수많은 릭샤와 버스와 트럭들도 이에 질세라 밀어붙이고 또 밀리며 경적을 눌러 댔습니다. 바로 전날 저개발국의 후진성으로 받아들였던 이 경적 전쟁이 이틀째가 되니 그 안에서 묘한 질서가 느껴졌습니다. 이 엉망인 도로에서 사고가 안 나는 게 희한하다고 생각하다가 곧 인정하고 말았습니다. "이건 예술이야." 이 요란한

소리는 "비켜!"가 아니라 "조심해~"라는 표현일 수 있는 거니까요.

이날은 하킴파라(Hakimpara) 난민캠프를 찾았습니다. 어제 갔던 메인널고나를 포함해 쿠투팔롱, 벌마파라, 발루칼리 등 미얀마와 가까운 콕스바자르 남부 지역은 거대한 난민촌입니다. 하킴파라의 들머리에도 난민들의 줄이 길었고 구호 활동가들은 분주했습니다.

난민촌으로 걸어 들어가자, 합창 같은 아이들의 맑은 목소리가 들려왔습니다. '아동친화공간(CFS·Child Friendly Space)'으로 수십 명의 아이들이 구호 활동가와 놀이를 하고 있었습니다. 여러 개의 원을 만

들고 앉아서 자기소개를 했습니다. 놀이를 하며 자연스럽게 아이들에게 티셔츠를 입혀 주었습니다. 셔츠에는 큼지막하게 이름을 적어 넣었습니다.

알 만한 세계적 구호단체들이 운영하는 '아이들의 공간'은 난민촌 곳곳에 자리를 잡았습니다. 구호단체들은 난민 어린이들의 안정과 심리를 관리하는 데 큰 노력을 기울였습니다. 미얀마에서 아이들이 겪었을 끔찍한 일들을 상상하는 것은 너무 버겁습니다. 그럼에도 아이들은 언제나, 어디서나 미래입니다. 절망 가운데서도 희망을 얘기할 수 있다면 바로 아이들이지요.

사진기자의 눈에 인상적이었던 것은 '아동친화공간' 천막에 붙은 금지 표시였습니다. 총과 카메라 그림에 빨간색 원이 둘러쳐졌고 빨간색 대각선이 그어졌습니다. '총질'과 '카메라질'을 금한다는 내용입니다. 충격이었습니다. 카메라의 위험성을 총기처럼 인식하고 있는 것이었습니다. 즉시 한 장의 사진이 떠올랐습니다. 한 아이가 사진기자의 카메라가 자신을 향하자 총인 줄 알고는 잔뜩 겁먹은 표정으로 두 손을 머리 위로 든 모습의 외신 사진입니다. 아이가 목격한 내전으로 인한 상처를 짐작하게 하는 사진이었습니다.

가끔 현장에서 카메라의 폭력성과 그 가능성을 마음에 새기긴 하지만 총과 동등하게 인식되고 있는 난민촌 아이들의 공간에서 사진을 업으로 하는 저는 조금 서운하기도 했습니다. 아이들의 상처가 노출될 가능성에 대한 구호단체의 세심한 보살핌이며, 아동인권에 대한 감수성이라 받아들였습니다.

나지막한 언덕을 두어 개쯤 넘어 '이동진료소'에 이르렀습니다. 홍콩 적십자와 방글라데시 적신월사 의료진이 난민들을 진료하고 있었습니다.

국적도 다르고 일면식도 없는 의료진이 '붉은 십자'가 그려진 조끼를 입은 일행을 보자 오랜만에 만난 친구인 듯 그렇게 반가워했습니다. 인사하며 서로에게 격려를 아끼지 않았습니다.

진료소 바깥이 북적거렸습니다. 진료를 기다리는 환자인 줄 알았더니 난민촌 내 임시거처를 등록하는 줄이었습니다. 한 가족씩 임시거처의 고유번호와 가족 신상 등이 적힌 카드를 들고 섰습니다. 방글라데시 군인이 휴대폰 카메라로 가족의 사진을 찍었습니다. 등록은 구호품 수령과 가족 관리 등 행정 편의를 위한 절차였습니다. 군인의 카메라 앞에 선 가족들은 얼굴에 긴장한 표정이 역력합니다. 미얀마 군

인들의 잔인함을 보았을 가족 구성원들에게 국경 넘어 군인들이라고 편할 리는 없을 겁니다. 카메라를 들었다 해도 말이지요. 이들에게 어쩌면 생애 첫 가족사진일지도 모른다는 생각이 들었고, 몇 가지 궁금증이 일었지만 물어보지 못했습니다. 한국어로 시작해 다시 한국어로 돌아오는 통역의 과정이 만만치 않았습니다.

하킴파라 캠프를 오르내렸습니다. 언덕을 계단식으로 깎은 자리에는 어김없이 천막이 들어섰습니다. 이제 막 짓고 있는 곳도 눈에 띄었습니다. 난민촌은 언덕 위로 또 옆으로 계속 영역을 넓혀 갔습니다. 난민촌 전체 모습이 잘 보일 만한 곳을 향해 거침없는 땡볕 속을 걸었습니다. 가장 높은 곳에 올랐습니다. 막힌 곳이 없어 바람이 가끔 불며 지나갔습니다. 구름이 조금 끼었고 하늘은 맑았습니다. 그때 높이 연 하나가 날았습니다. 연줄을 쥔 아이는 일행의 시선에 더욱 신이 났습니다. 고향에서 가져온 연일지도 모릅니다. 흰 구름과 파란 하늘을 좌우로 오가며 날고 있는 연을 보며 기왕이면 파란 하늘 쪽에서 날기를 바랐습니다. 파랑이 희망이기를 바라면서 말이지요.

한 난민가정을 방문했습니다. 11명의 가족이 살고 있었습니다. 나무기둥에 천을 이리저리 엮은 집입니다. 다진 흙바닥이 그대로 드러나 있었고 그 위에 돗자리를 깔았습니다. 음식을 하던 참이었는지 불을 지폈던 천막 안이 매캐한 연기로 가득했습니다. 인터뷰가 이어지는 동안 앵글 속 가족들의 얼굴엔 수심이 가득해 보였습니다. 질문과 답 속에서 떠올리기 싫은 고향의 기억이 강요되고 있는 것이었을까요.

천막 안은 덥고 습했습니다. 대가족에, 일행에, 구경 온 이웃 사람들까지 북적였습니다. 천막에 가로로 길게 벌어진 틈 사이로 간간이 바람이 비집고 들어왔지만, 더위와 습기를 걷어 내기엔 턱없이 부족했습니다. 그때 순간적으로 무언가 제 시선을 건드리고 지나갔습니다. 뭐였을까. 다시 그 순간을 기다렸습니다. 바람이 흔드는 천막의 틈 사이로 들어온 빛이 저만치 앉은 꼬마 여자아이의 얼굴에서 반짝였습니다. 아이의 눈을 주시했습니다.

꼬마의 눈이 많은 이야기를 들려주는 듯했습니다. 큰 눈망울에 든

상처와 두려움을 보았습니다. 고향 땅에서 목격했던 많은 것들을 여전히 담은 채였습니다. 눈동자 주위에 맺힌 작은 땀방울이 꼭 눈물처럼 보였습니다. 아이의 눈에서 시선을 뗄 수 없었습니다. 아이의 그 눈이 제 마음을 크게 흔들어 놓았습니다. 어제와 오늘의 일정이 이 사진을 찍기 위한 것이었다는 생각까지 들었습니다. 그만큼 저에게는 강렬했습니다. 저 아이의 눈동자에 더 이상 아픔과 상처가 덧새겨지지 않기를 진심으로 바라고 또 바랐습니다.

차를 타고 이동하는 동안에도 내내 '눈빛의 여운'이 가시지 않았습니다. 숙소에 돌아와 이날 찍은 사진을 정리하다가 노트북에 아이의 사진을 띄워 놓고 눈망울을 다시 한참을 바라봤습니다. 참 아팠습니다.

국경으로 가다

국경 지역인 테크나프(Teknaf)에 가 보고 싶었습니다. 로힝야족이 국경을 넘는 모습을 찍을 수 있을까 해섭니다. 상황은 좋지 않았습니다. 방글라데시군의 경비가 한층 까다로워졌기 때문입니다. 이 지역을 담당하는 구호단체 활동가도 1~2주 전에 신청해 허가를 받아야 들어갈 수 있다고 했습니다. 이틀 동안 취재했던 난민촌에서도 차로 두 시간쯤 더 가야 되는 곳입니다.

통역을 맡은 방글라데시 청년 아짐이 가까운 곳에 또 다른 국경을 안다고 했습니다. 얼마 전 독일 활동가들과도 한 번 다녀온 곳이라며 앞장섰습니다. 멀고 취재 가능성도 불투명한 곳에 굳이 갈 필요가 있나 싶었습니다. 길가에 차를 대고 마을 길을 따라 걸었습니다. 휑한 농촌 길을 지나가는 릭샤를 흥정해 타고 또 얼마쯤 가니 검문소가 나왔습니다. 군인들

이 두 갈래로 나뉘는 길 한쪽에 긴 막대 하나 걸쳐 놓고 통제를 했습니다. 서너 명의 군인들은 한가로웠습니다.

지난주만 해도 이 지역으로 5000명 이상이 넘어왔는데 요 며칠 한 명도 오지 않았다고 합니다. 무슨 문제가 생긴 걸까. 검문소 뒤 멀찍이 보이는 산은 미얀마 땅이었습니다. 저만치 언덕 위에까지 가 볼 수 있느냐고 물었습니다. 일행과 군인들의 대화 분위기는 화기애애했고 검문소 책임자의 표정이 환해 긍정의 답을 기대했건만, 막상 그의 입에서 나온 답은 "노!". 혹시 돈을 요구하는가 싶었지만, 난민이 오지 않는 곳에서 시간과 돈을 허비할 필요는 없었습니다.

허가를 받진 못했지만 일단 테크나프로 향해 보기로 했습니다. 가는 길에 뭐라도 볼 수 있으면 좋은 거고요. 군이 지키고 선 검문소가 나타나면 긴장을 했습니다. 과장된 미소를 띤 인사와 통역 아짐의 재치로 몇 개의 검문소를 지나갈 수 있었습니다. 외국인을 상대로 그리 빡빡하게 굴지는 않았습니다. 나프강을 끼고 도는 전망 좋은 언덕 위에서 여행 온 방글라데시 청년들이 셀카를 찍고 있었습니다. 배경은 강 건너의 미얀마. 청년들한테 잠시 붙들려 함께 셀카를 찍기도 했습니다. 언덕을 돌아가니 테크나프 이정표가 나왔습니다.

마을까지는 어찌어찌 들어왔습니다. 들은 바에 의하면 조금만 더 들어가면 출입허가를 확인하는 마지막 검문소가 있을 터였습니다. 그때 건너편 차로에 낡은 트럭이 시야에 들어왔습니다. 남루한 행색의 아이와 어른들이 트럭 위에서 짐을 끌어안고 있었습니다. 지치고 불안한 표정으로 로힝야 난민임을 짐작하고도 남았습니다. 미얀마를 탈출해 전날 밤에 방글라데시로 들어온 이들입니다. 방글라데시군의 간단한 검사를 받은 뒤 트럭을 타고 마을을 지나가는 길이었습니다.

지나가야 할 트럭이 거기 서 있을 이유는 없었습니다. 분위기를 보니 독일에서 온 구호 활동가들이 트럭을 막아 세운 것 같았습니다. 허가를 얻지 못해 국경의 군인 관리 지역까지 들어가지 못하자 아예 길

목을 지키고 있었던 겁니다. 구호 활동 지역에서 '조끼'는 곧 동질감입니다. 조끼 입은 일행을 보고 반가워하며 다가왔습니다. 인사를 나누자마자 "얼음이 있느냐"고 물어왔습니다. 독일인의 차량 안을 들여다봤더니 난민 아이가 누워 있었습니다. "열이 40도까지 올랐다"고 했습니다. 간밤에 호텔 냉동고에서 열심히 얼렸던 얼음이 반도 녹지 않은 채 들어 있는 페트병을 건넸습니다. 나이 지긋한 독일 활동가들은 그 틈에 빵을 한 상자 사서 트럭 위에 던지듯 실어 주었습니다. 사진을 찍으려고 트럭 뒤 발판을 딛고 올라섰습니다.

빵을 향해 손을 뻗는 난민들의 모습이 낯설지 않았습니다. 외신 사진으로 흔히 봐 오던 장면이지요. 전형적인 난민 사진의 한 장면과 맞닥뜨린 순간 '이거다' 하고 반사적으로 손가락에 힘이 들어갔습니다. 머리 위로 팔을 뻗어 든 카메라에서 셔터 소리가 요란했고, 난민들은 내민 손을 주저하며 카메라를 힐끔거렸고, 저는 좀 부끄러워졌습니다. 때론 누군가의 고통스러운 삶 앞에서도 카메라를 들 수밖에 없는 것이 사진기자의 숙명일진대, 몸이 먼저 반응하는 '바로 이 장면'이란 것이 사실 그 대상에게는 모멸감을 주는 경우가 더러 있습니다. 그런 상황이면 찍긴 찍되 '이게 본질일까' 하는 질문을 던지곤 합니다.

일행은 출발하는 트럭을 따라붙었습니다. '레다'라는 지역의 난민촌에 조금 못 미쳐 트럭은 멈췄습니다. 학교 건물에 임시로 마련한 '난민 등록센터'였습니다. 난민들은 군인들의 안내에 따라 한 명씩 사진을 찍고 열 손가락의 지문을 등록했습니다. 프린트된 카드에 다시 지장을 찍었습니다. 이주민의 신분으로 관리와 혜택을 받기 위해서는 이 카드를 항상 목에 걸고 다녀야 합니다. 얼굴 사진이 붙은 카드에는 가족, 종교, 국적 등이 적혀 있었습니다. 국민으로 대접받은 적 없지만 국적은 미얀마, 종교는 모두 이슬람이었습니다. 다수 불교도의 나라에서 무슬림이 탄압의 이유였다면 무슬림이 다수인 이웃 나라의 국경을 넘었을 때 최소한의 인격을 유지하기 위해 '이슬람' 말고 무슨 종교를

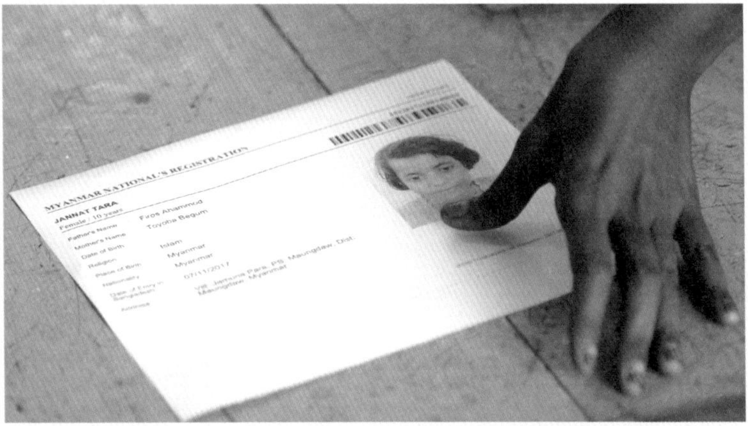

쓸 수 있을까 생각했습니다.

로힝야인들의 시선에 제법 익숙해졌고 그들의 표정과 눈빛을 골똘히 바라볼 수 있게 됐습니다. 떠나온 고향에서의 공포와 고통, 절망과 분노 위에 새로 도착한 곳에서의 불안과 걱정이 포개지는 듯했습니다. '여기까지 오게 된 나와 내 가족의 이야기를 한번 들어 볼래'라고 말하는 것도 같았습니다. 난민촌의 모습보다 그들의 눈빛이 난민의 현실을 더 잘 드러내고 있다고 느꼈습니다. 다시 어디론가 떠나는 난민 트럭을 망연히 바라보았습니다. 그들의 앞날을 알라와 부처님과 하나님이 동시에 축복하길 빌었습니다.

사흘간의 난민 취재 일정을 마치고 호텔로 돌아가는 승합차 안에서 눈을 감았습니다. 익숙해진 경적 소리 사이에서 질문이 고개를 들었습니다. '내가 찍은 사진이 이 난민들에게 어떤 도움이 될 수 있을까?' '열로 온몸이 뜨겁던 난민 아이에게 건넸던 얼린 페트병 이상의 가치가 있을까?' 사진의 쓸모에 대해 다시 고민에 빠져들었습니다.

최대 난민촌이자 최장 해변을 가진 휴양 도시 콕스바자르를 뜨겁게 달구었던 태양이 기울었습니다. 늦은 오후의 매력적인 황금빛이 온 천지에 드리우고 있었습니다.

힘내세요, 홍콩

'범죄인 인도 조례(송환법)'에 반대하는 홍콩 시위의 규모가 커지고 긴장이 고조되자, 급히 결정된 홍콩 출장. 민주화를 위해 싸우는 홍콩시민들은 촛불혁명을 이뤄낸 한국에서 온 사진기자를 환대했다.

홍콩 출장이 급히 결정됐고 허겁지겁 회사로 가서 여권과 헬멧을 챙겼습니다. 홍콩 시위대와 현지 취재기자들의 복장과 장비를 참고해 방독마스크와 고글, 야광조끼 등을 을지로에서 급히 구입했습니다. 저의 홍콩 출장 소식에 동료들이 전화를 걸거나 문자를 보내왔습니다. "몸조심해라" "안전이 제일이다" 목소리와 문자에는 친분만큼의 걱정이 스며 있었지요.

꼭 전장에 보내는 것 같은 주변의 반응에 덩달아 긴장이 되었습니다. 부모님이 이 출장 소식을 모르시게 해야겠다는 제법 비장한 마음이기도 했습니다. 10만 원이 안 되는 홍콩 왕복 항공료가 '이곳이 바로 험지'라고 말하는 것 같았습니다.

토요일 홍콩 거리. 여유로워 보이는 시민들과 일상의 모습에도 '폭풍전야'라는 단어를 꿰맞췄습니다. 전날 도착한 베이징 특파원 후배를 만났습니다. 특파원이 특파된 겁니다. 기댈 데가 있어 든든했습니다. 후배와 취재 일정을 공유하며 나눈 얘기는 이랬습니다.

"안(편집국)에서는 80년 광주를 생각하는 것 같다. 천안문 사태 때 '탱크맨'(탱크를 가로막은 한 시민의 사진으로 이 사태의 상징적 이미지로 남았다) 사진을 그리고 있는지도 모르겠다." "선배는 지금 5·18의 힌츠페터가 된 거예요. 외신기자. 하하하."

저녁 무렵, 시내 공원에서 예정됐던 '송환법 반대 집회'는 취소됐습니다. 비가 온 탓이기도 했지만, 그보다 다음 날 대규모 시위를 위해 에

너지를 좀 아끼는 모양이라고 생각하던 차에 홍콩섬 건너 구룡반도의 기습 시위 소식이 들려왔습니다. '시위대가 몽콕경찰서를 공격하고 있다. 경찰들이 진압에 나섰다.'

지하철 몽콕역 매표소 주변에는 검은색 티셔츠를 입고 마스크와 고글을 착용한 학생들이 와글와글했습니다. '벌써 끝났나?' 지상으로 올라갔더니 진압봉과 방패를 든 경찰들이 양 차도를 막고 서 있었습니다. 상황이 벌어지는구나. 경찰 앞쪽에는 방독마스크와 헬멧을 쓴 이들이 바글바글했습니다. 가만 보니, 대부분 형광색 조끼를 입었습니다. 조끼에 다양한 글씨체로 크게들 적어 놓았습니다. 'PRESS.' 세계 각

국에서 모여든 수백 명의 취재진이 경찰의 움직임을 카메라에 담고 있었습니다. 상황은 곧 종료됐습니다. 뭔가 흐지부지 정리되는 분위기가 싱거웠습니다.

일요일 대규모 집회는 오후 2시 예정이었습니다. 관광이랍시고 오전에 한 시간가량 숙소 주변을 걸었습니다. 한가한 휴일 아침의 투명한 공기 속에서 대규모 시위의 기운은 조금도 느껴지지 않았습니다. 취재가 아니면 얼마나 좋았을까.

트램을 타고 집회 장소인 빅토리아 공원에 일찌감치 도착했습니다.

홍콩 시민들이 공원에 모여들기 시작했습니다. 본집회가 시작되자 공원과 인근 도로는 인파로 발 디딜 틈이 없었습니다. '규모=전경'은 보도사진의 기본이자 진리지요. 공원 앞 고층 오피스텔로 달려가 안내데스크 앞에서 "I'm photographer…"라며 말을 이어 가기도 전에 고개를 가로저으며 "No"라는 관리 직원. 옥상에는 두세 명의 기자가 보였지만, 왜 재네들만 올라갔는지 묻지 못했습니다.

이번엔 반대편의 상가 오피스텔 건물. 운이 좋게도 6층 높이의 지상주차장이 있었습니다. 차량 진입로를 뛰었습니다. 공원에는 빈 공간이 보이지 않았습니다. 급히 사진을 찍고 그 자리에 주저앉아 노트북을 펼쳤습니다. 마감 시간이 가까웠습니다. 사람 많은 곳에서 사진 전

송은 되다 말다 하며 애간장을 태웁니다. 겨우 몇 장 마감을 하고 한숨 돌리는데 갑자기 비가 내립니다. 억수같이 쏟아졌지요. 집회 참가자들이 거의 동시에 우산을 펼쳤습니다. "우와~" 감탄사를 토하게 하는 광경이었습니다. 우리의 지난 촛불혁명 때 시내의 한 건물에서 내려

다봤던 감동의 장면이 오버랩됐습니다. 홍콩 시민들은 촛불 대신 우산을 들었습니다. 사진을 다시 찍었습니다. 앞엣것은 무효. 우산으로 표현되는 인파 이미지가 훨씬 더 와닿았습니다. 촛불이 그랬던 것처럼 말이지요.

홍콩 경찰은 이날 행진을 불허했고 시민들은 거리행진을 강행했습니다. 조금 전 탄성을 지르게 했던 비였건만 행렬을 따라가며 사진을 찍으려니 이만저만 불편한 게 아니었습니다. 양어깨에 카메라를 한 대씩 메고, 헬멧과 고글, 방독마스크와 필터, 노트북과 충전기 등이 든 배낭을 짊어졌습니다. 그 위로 우비를 대충 걸쳤습니다. 우산이 있어도 받쳐 들 손이 없고, 우산을 들고 인파 사이를 헤집기도 어려웠습니다.

홍콩 시민들은 행진하는 내내 외신기자인 한국 기자들을 배려했습니다. 행렬이 좀처럼 앞으로 나가지 못하고 있을 때도 저를 위해 몸을 밀착해 길을 터 주었습니다. 도로 가운데 중앙분리대를 넘어야 했을 때는 먼저 손을 내밀어 카메라와 가방을 받아 줍니다. 비를 맞으며 걷는 기자의 머리 위로 은근히 우산을 내밀어 주기도 했습니다. 렌즈 후드에 붙은 '경향'이라는 한글 로고를 알아보았는지 "안녕하세요" "반가워요" "힘내세요" 같은 우리말 인사를 선한 미소와 함께 건네 왔습니다. 지금 홍콩 시민들의 민주화를 위한 싸움이 알려지고 또 촛불혁명을 이뤄 낸 한국 시민들의 지지를 바라는 마음이 그 행동 안에 있다고 생각했습니다. 긴 시간 비 맞으며 행진 대열 속을 걸으면서도 크게 지치지 않았던 건 이들의 환대 때문이었습니다.

행진하는 내내 충돌이 일어나지 않을까 신경을 곤두세웠습니다. 어둠이 내리고도 행진은 이어졌습니다. 낮보다 간격이 조금 느슨해졌습니다. 어린아이들을 데리고 걷는 부모들도 많았습니다. 딱히 정해 놓은 종료 시간과 장소는 없었고, 혹시나 싶었던 충돌도 없었습니다. 100만 시민들은 홍콩의 자유와 민주화를 외치며 평화롭게 걷고 안전하게 귀가를 했습니다.

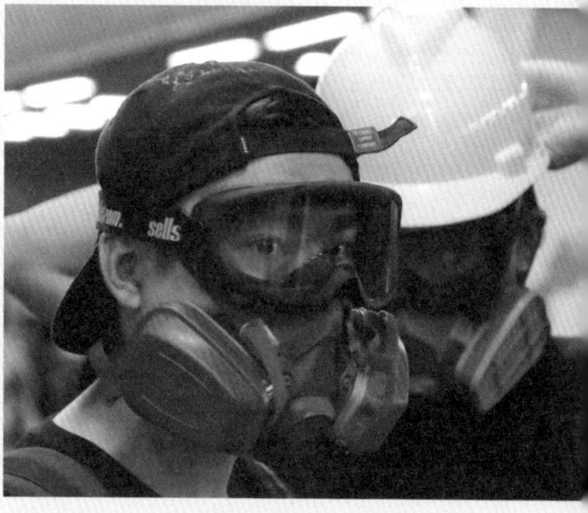

세계 어디에서나 늦게까지 시위를 지키는 건 체력 좋은 학생들. 홍콩 정부청사 건물 앞에

학생들이 모여들었습니다. 충돌이 생긴다면 이곳뿐이었습니다. 학생들은 청사를 둘러싼 대형 바리케이드와 아스팔트와 도로와 건물 외벽에 영어와 한자로 요구사항을 쓰고 그려 넣었습니다. 레이저포인터를 정부청사, 경찰청사 건물에 쏘아 대며 야유와 환호를 이어 갔습니다. 이날 경찰은 어디에서도 모습을 드러내지 않았습니다.

중국이 홍콩과 접한 심천 지역에 장갑차와 무장경찰을 배치해 '제2의 천안문 사태'로 번질 수 있다는 우려 속에 열린 집회는 '평화롭게'

끝났습니다. 충돌과 강경 진압, 유혈 사태로 번지지 않은 것이 천만다행이었습니다. 동시에 든 생각은 '평화시위로 끝날 거라 예상했다면 굳이 나를 출장 보냈을까?' 하는 것이었습니다. 사진기자 마음속에는 악마가 삽니다. 잔인한 얘기지만 사실 이날 큰 충돌이 일어났으면 하고 바라기도 했습니다. 위험을 무릅쓰더라도 좀 더 센 사진을 찍을 수 있기를 기대했으니까요.

대규모 집회는 그렇게 마무리됐고 저는 바로 다음 날 귀국했습니다. 홍콩에서 취재한 사진을 서울에 도착해 신문으로 확인했습니다. 바로 전날의 일인데 아득한 느낌이었습니다. 사진을 보며 행진 대열 속에서 저를 격려하고 응원해 주던 홍콩 시민들을 떠올렸습니다.

"힘내세요!"

*2019년 8월에 쓴 취재기를 다시 읽고 다듬는 바로 이 시간, 홍콩은 군사작전을 방불케 하는 경찰의 강경 진압과 시위대의 격렬한 저항이 이어지고 있습니다.

어쨌거나, 하쿠나 마타타

케냐의 수도 나이로비에서 7시간 달려
'마사이족 여학교'를 취재하고 돌아가는 길.
비 내리고 깜깜해진 마사이 마을에서
일행의 차량은 조난을 했다. 현지인
운전기사는 "하쿠나 마타타
(다 잘 될 거야)"를 외쳤다.

조금 열어 놓은 차창 틈을 비집고 들어오는 바람이 상쾌했습니다. 초원으로부터 오는 바람이었습니다. 바람을 한껏 들이마셨습니다. 콧속에 은은한 향이 머물렀습니다. 이게 검은 대륙의 냄새일까. 저 멀리 초원 끝에 걸린 구름과 그 사이로 고개 내민 저물녘의 태양과 물감을 푼 듯 붉어진 하늘색이 근사했습니다.

케냐 마사이여학교를 취재하고 돌아가는 길. 종일 예상하지 못했던 일로 가슴 졸였던 일정이 저 아름다운 석양과 마무리되고 있다는 것에 안도하는 중이었습니다. 바로 그때 운전하던 사이먼이 오른쪽을 손으로 가리켰습니다. 초원에 엉성하게 자란 나무 사이로 야생 얼룩말 무리가 지나가고 있었습니다. 환호했습니다. '아프리카의 축복이구나.'

시야를 가릴 것 없는 초원 위로 펼쳐진 하늘은 가늠할 수 없이 넓고 넓었습니다. 먼 곳의 하늘은 맑았고 일행이 달리던 비포장길 위의 하늘에는 구름이 짙었습니다. 곧 비가 내리기 시작했고 주위는 어두워져 갔습니다. 전날에 이어 다시 비를 머금은 진흙탕 길은 빙판처럼 미끄러웠습니다. 핸들을 움직이는 사이먼의 손이 분주하고 불안했습니다. 길 앞쪽에 비스듬하게 길을 막은 채 멈춰 선 대형 버스가 헛바퀴를 돌리고 있었고, 마사이족 남성들이 내려 버스를 밀었습니다.

해는 저물었고 가야 할 길은 멀었습니다. 사이먼은 가로막은 버스와 길가의 배수로 사이의 공간을 통과해 보려고 차를 움직였습니다. 곡예 하듯 아슬아슬 가던 차가 미끄러지며 서 있던 버스와 쩍 들러붙었습니다. 두 차량을 떼어 놓으려 사이먼이 액셀을 밟고, 마사이 남성 서너 명이 차를 밀어냈지만 소용없었습니다. 급기야 왼쪽 앞바퀴가 미끄러지더니 배수로 진창에 빠지고 말았습니다. 장정들 여럿이 달라붙었지만, 걸쭉한 흙탕물만 잔뜩 뒤집어썼습니다. 주위는 이미 어두웠고 빗발은 굵어졌습니다. 난감했지만 방법이 없었습니다. 이런 상황을 '조난'이라고 하지요.

'저물녘 하늘이 유난히 좋더니만….'

황당한 사고에 원인을 제공한 버스는 언제 그랬냐는 듯이 승객들을 태우고 비틀비틀 떠나갔습니다. 안내와 통역을 담당하는 마사이 여성 셀리나가 "(버스에 타고 있던) 마사이가 집에 가서 사고 소식을 전하고 도울 방법을 찾을 것"이라 했습니다. 버스는 이 험한 길을 따라 언제 도착할 것이며, 그들이 제대로 연락을 취해 일행을 구할 수 있을 것인가. 연락을 취한다 해도 또 얼마나 걸려 도움을 받을 수 있을까. 막막했습니다. 불신과 불안이 차올랐습니다.

비에 젖어 으슬으슬 한기가 느껴졌습니다. 여기서 꼬박 밤을 새울 수도 있겠지. 다음 날 일정이 어그러질 거라 생각하니 앞이 캄캄했습니다. 마음을 단단히 먹어야 했습니다. 셀리나는 "친구가 가까운 마을의 '트랙터 가이'를 불렀다"고 했습니다. "부를 것"이라는 건지, "불렀다"는 것인지 명확하게 알아듣지 못했습니다. "트랙터 가이가 올 것"이라는 말에 희망을 걸 수밖에요. "가까운 마을"이라고 했지만, 마사이의 화법에서 '가깝다'라는 것이 어느 정도의 거리인지 도무지 짐작할 수 없었습니다. 진짜 와 주기는 할까.

빗소리는 거칠었고 주위는 칠흑이었습니다. 보기 좋던 초원도 어둠에 싸이자, 그냥 까만 어둠일 뿐이었습니다. 사방에는 작은 빛도, 사람 사는 집의 흔적도 보이지 않았습니다. 두려움이 일었습니다. 자연 앞에서 인간은 아무것도 아니라는 것을 몸으로 배우고 있었습니다. 휴대폰의 손전등을 켜서 차 앞 유리에 걸쳐 두었습니다. 누구라도 이 불

빛을 '조난 신호'로 봐 주길 바라면서 말이지요. 제가 할 수 있는 것은 그게 다였습니다.

이날 차량을 세 번이나 진창에 빠뜨린 기사 아저씨 사이먼은 자기가 생각해도 어이가 없는지 눈이 마주치면 실실 웃었습니다. 그러고는 어깨를 으쓱하며 리듬을 넣어 뱉었습니다.

"하쿠~나~마타~타~!!"(스와힐리어로 '모든 것이 잘될 것'이라는 뜻)

이 양반이 정말. 새까맣게 타들어 가는 출장자의 속도 모르고, 유쾌하고 여유롭기 짝이 없는 안내자 셀리나는 차 안에서 콧노래까지 흥얼거렸습니다. 지금 노래가 나오니. 셀리나는 휴대폰을 붙들고 친구와 현지어로 긴 통화를 했습니다. 지금 처한 상황을 알리고 있으려니

했습니다. 통화 중에 짓는 표정과 목소리, 웃음으로 충분히 알 수 있었습니다. '셀리나, 당신 지금 이 와중에 수다 떨고 있구나.'

긴 통화 끝에 차에서 내린 그녀가 불쑥 제안했습니다.

"트랙터 가이가 올 때까지 인근 마사이의 집에 가 있자."

인가를 추정할 만한 불빛도 흔적도 없는데 휴대폰 손전등을 밝힌 셀리나가 앞장섰습니다. "트랙터가 곧 온다면서 왜 가냐?"고 격앙된 어조가 빠진 건조한 영어로 던져진 질문은 그냥 묻혔습니다. 마사이 가정에서 하루를 묵게 될 수도 있다는 말인가. 누군지도, 어딘지도 모르는 마사이족의 집으로 무작정 걸어가는 것이었습니다. 길 같지 않은 길을 길처럼 비추며 셀리나는 검은 초원을 향해 걸었습니다. 의심과 불안과 피로감으로 신경이 곤두섰지만 화를 낼 처지도 못 됐습니다. 전적으로 그에게 의지할 수밖에 없었습니다.

마법처럼 마사이의 집이 나타났고, 셀리나가 이웃집처럼 문을 두드렸습니다. "수바~" 인사하며 문 열린 집 안으로 들어섰고, 마사이 가족이 일행을 맞아 주었습니다. 꼭 기다리고 있었던 것처럼, 늘 해 오던 일인 것처럼 주저 없이 반겼습니다. 거실로 보이는 곳에 작고 낡은 TV가 켜져 있었고, 벽에는 때아닌 크리스마스트리가 두어 줄 장식처럼 걸렸습니다. 작은 화롯불 앞에서 떨던 몸을 녹였더니 긴장도 의심도 따라서 녹는 듯했습니다. 다르게 생긴 사람의 등장은 세상 어디에서나 큰 구경거립니다. 잠들지 않은 서너 명의 아이들이 방의 커튼을 살며시 젖히고 신기한 듯 내다봤습니다.

딱히 할 말도 찾지 못한 채 거실에 앉아 상황을 곱씹고 있는데 문밖을 내다보고 있던 사이먼이 멀리서 트랙터 소리가 들린다고 했습니다. 가만히 귀 기울여 보니 먼 어둠 속에서 희미한 엔진 소리가 들리는 것 같았습니다. '구원'의 소리를 확인해서인지 마사이 가족의 환대가 더없이 감동으로 다가왔습니다. 안내자 셀리나는 밤에 불쑥 찾아든 사람들을 집 안으로 들이고 대접하는 마사이의 따뜻한 정과 그러한 문화를 보여 주고 싶었던 걸까.

배수로 진창에서 우리를 구해 줄 '트랙터 가이'는 몸을 사리지 않고 진흙탕에 무릎을 꿇고 엎드려 가며 차량에 사슬을 걸었습니다. 믿음

직했고 눈물겹게 고마웠습니다. 근데 뭐지? 이 구원의 순간에 구원자와 사이먼의 표정이 어두워졌습니다. 트랙터와 조난 차량에 연결할 쇠사슬 고리의 크기가 맞지 않았던 겁니다. 결국 여기서 아침을 맞아야 하는가. 막중한 미션을 떠안은 초면의 두 파트너는 끙끙대며 차량 아래 어딘가에 고리를 고정시켰습니다. 트랙터가 굉음을 내며 끌었고, 차는 그대로 둔 채 쇠사슬만 떨어져 나갔습니다. '아….' 다시 한번. 다시 쇠사슬만 끊어지듯 튕겼습니다. 여기까지구나. 세 번째 시도. '진짜 마지막이다. 제발….' 순간 차량이 구덩이의 가장자리를 밟으며 길 위로 힘겹게 올라섰습니다. 모두 일제히 환호했습니다.

극적인 구조에 대한 감사의 표시는 어떻게 해야 하나 눈치를 보는데 트랙터 사나이가 부탁을 했습니다. 자기가 살고 있는 마을에 다리가 부러진 한 남성을 야간에 운영하는 인근 도시 병원으로 옮겨 달라는 것이었습니다. 결국 고통에 신음하는 남성을 태웠습니다. 비포장 진창길을 기듯이 달려 포장도로에 진입했습니다. 조마조마했던 가슴을 그제야 쓸어내렸습니다. 차량은 큰 도로를 만나자 방향을 왼쪽으로 틀었습니다. 이 사람아, 나이로비는 오른쪽이야. 이유를 물었더니, 나이로비로 가는 도로는 폭우에 끊어졌을 거라고 했습니다. 매번 그랬으니까요. 결국 '나록'이라는 예정에 없던 낯선 도시에서 지쳐 너덜너덜해진 하루를 내려놓았습니다.

이날 하루에 일어난 일들을 복기하자 헛웃음이 새 나왔습니다. 무려 첫날 일정이었습니다. 그래도 길에서 아침을 맞지 않아 얼마나 다행인가. 황당한 사고와 극적인 도움이 마치 잘 짜인 각본처럼 느껴졌습니다.

"어쨌거나, 하~쿠나~마타~타~"

제5부

사진이 말을 걸어온다

자식 같은 사진

사진을 찍기도 전에 사진을 달라는 이의 말에 마음이 상했습니다. 정말 필요하다면 촬영 후에 물어도 될 것을 말이지요. 작가인 그는 너무 쉽게 사진을 달라고 했습니다. 말투가 정중했다 하더라도 마찬가집니다. 결국 달라는 얘기에 예의를 살짝 더한 거니까요.

사진이 차고 넘치는 시대에 '사진=공짜'라는 인식이 한몫하고 있어서겠지요. 마음이 상했지만 회사를 찾은 손님인데 대놓고 화를 낼 수도 없는 일입니다. 그래서 그를 찍는 사진 컷 수를 대폭 줄이는 방식으

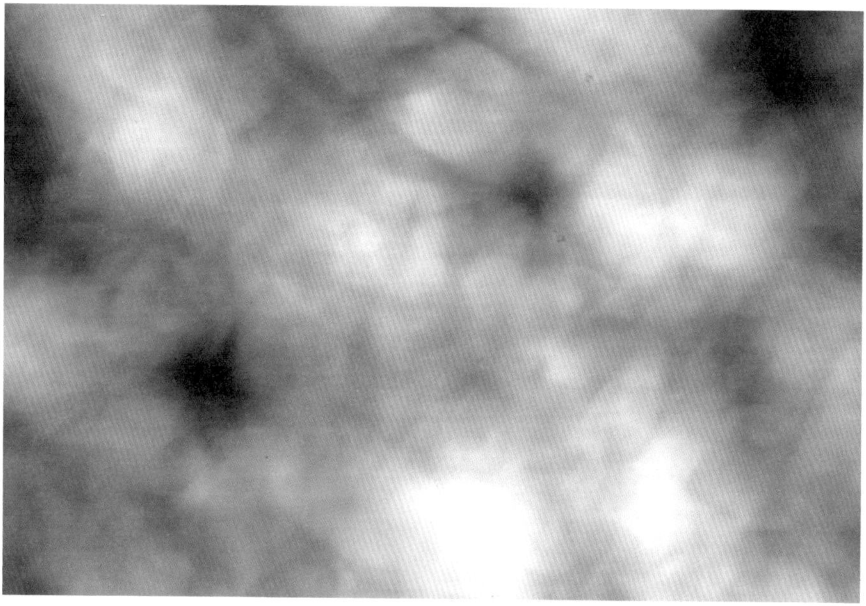

로 태업시위를 펼쳤습니다.

스스로에게 묻습니다.

'내가 찍은 사진이 그리 쉽게 달라고 해도 될 만한 사진인가?'

인물 사진을 찍을 때 인물이 위치할 장소와 배경, 렌즈의 선택과 앵글, 카메라 감도·셔터·조리개 조정, 인물의 직업·특징·표정·동작, 빛(자연광·조명·플래시)의 선택을 동시에 고려한다는 사실을 '사진을 달라'고 가볍게 말하는 이는 알고 있을까요.

초년병 때 찍은 인물 사진과 지금 찍은 인물 사진이 비슷해 보일지라도 명백히 '다른' 사진입니다. 지난 십수 년 동안 사진이라는 매체를 부여잡고 던졌던 고민과 질문들이 지금 손끝으로 누르는 셔터의 감촉과 "찰칵"이는 소리 안에 들어 있다고 생각합니다. 물론 연차와 경험이 사진의 완성도를 담보해 주지는 않습니다.

좀 모자랄지라도 저의 사진은 엄연한 창작물입니다. 급한 필요 때문인지 몰라도 서둘러 사진을 달라고 한 그도 마른 수건에서 물을 짜내듯 글을 쓰는 창작자였습니다. 타인의 창작에 대한 존중 없이 본인의 창작물을 대중 앞에 내미는 사람이라면 그 창작의 진실성을 의심할 수밖에 없습니다.

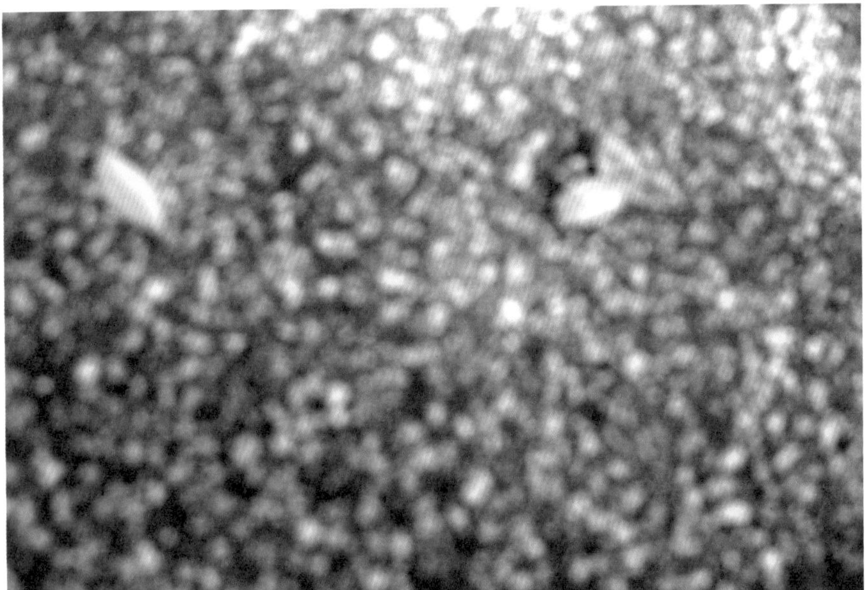

초점도 맞지 않는 사진이 있습니다. 이 사진들은 걸어가다가 허리춤에 혹은 카메라를 들다가 그냥 손이 닿아 눌려 기록된 것입니다. 버릴 사진인데 버리지 못하고 모았습니다. 카메라를 든 채 쪼그려 앉고 엎드리고 걷고 뛰어다닌 세월 동안 체형과 걸음걸이는 당연히 바뀌었을 테고, 그에 따른 뼈와 근육의 움직임, 몸에 밴 습관에 의해 기록된 사진이라는 게 그냥 버릴 수 없는 이유가 되었습니다. 잘못 눌러 찍힌 사진에서도 울림이 전해졌기 때문입니다.

자식이 어디 가서 얻어터지거나 무시당하면 부모가 발끈하듯 '자식 같은 사진'이 가벼운 취급을 받을 때면 울컥하지 않을 방법이 없습니다.

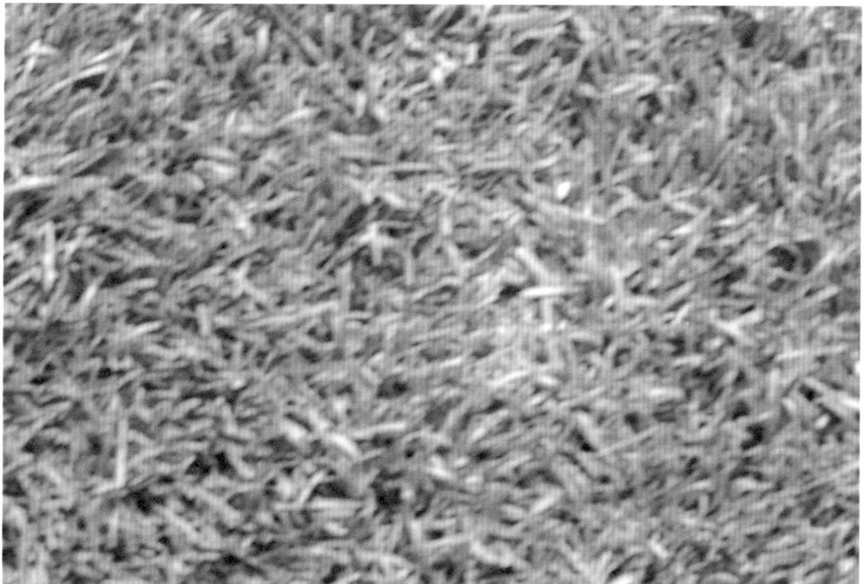

때로는 실패가 더 아름답다

흐릿한 거리의 사진이 마치 물감을 듬뿍 찍어 그린 유화 같습니다. 그림에 문외한인 제가 프랑스 인상주의 화가 클로드 모네를 떠올렸다는 건 이 사진이 그만큼 그림 같아 보인다는 이야깁니다.

갑자기 함박눈이 내렸습니다. 3월에 내린 눈입니다. 사무실을 급히 나섰습니다. 회사에서 가장 가까운 사진 포인트는 광화문 네거립니다. 눈 내리는 거리의 사람들을 향해 카메라를 듭니다. 굵은 눈송이를 앵글 가득 채우고 횡단보도를 건너는 이들에게 초점을 맞춥니다.

우산을 받쳐 든 사람에게 맞추려던 초점이 눈송이에 맞았습니다. 행인들의 모습이 흐릿해지자 굵은 눈이 더 도드라져 보입니다. 포커스를 방해하는 눈에 의해 '아웃포커스'가 되자 오히려 함박눈이 충실하게 살아난 것 같습니다. 찍는 자의 의도가 어긋나야 이런 느낌을 건질 수 있는 걸까요.

하지만 초점이 전체적으로 맞지 않는 사진이 신문에 쓰이는 일은 어지간해선 없습니다. 작자의 의도가 담긴 채 찍힌 것이 아니다 보니 설득할 명분도 없습니다. 쓸모를 찾지 못한 사진은 메모리카드에 이틀이나 사흘쯤 남겨져 있다가 결국 지워지고 맙니다.

버려질 사진이 어쩐 일인지 눈에 들어와 제 블로그에라도 남겨졌으니, 사진에도 운명이라는 것이 있는 모양입니다. 좀처럼 확장되지도 않고, 그렇다고 유연해지지도 않는 시선 때문에 매번 사진을 골라내는 데 실패하고 있다는 찜찜함을 지울 수 없습니다. 앞으로도 반복될 실패라는 것도 잘 알고 있습니다.

초점 흐린 함박눈 사진을 보고 있는 지금, 무수히 지워졌던 사진들이 괜히 아쉽고 그립습니다. 사진에 대한 이 미련한 미련은 평생 짊어지고 가야 할 운명인 모양입니다.

정신적 이완의 정점, 깊은 심심함

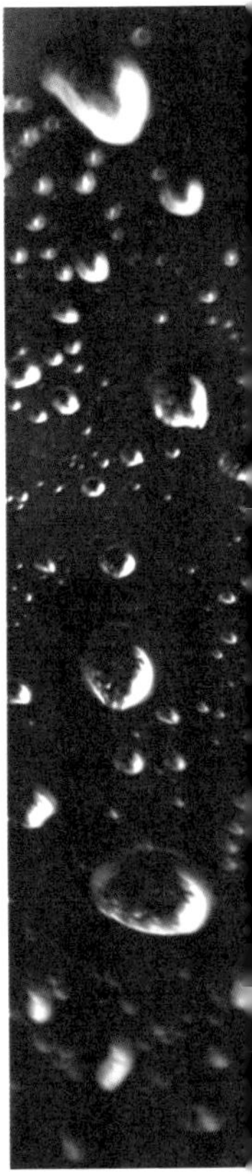

지금 비가 내립니다. 취재차량 안에서 비가 그치기를 기다리고 있습니다. 비가 멈춰야 사진을 찍을 수 있습니다. 오후 1시가 넘어갑니다. 조금 전 짜장면을 먹는 동안 비가 그쳐 잠깐 산책을 했습니다. 그리고 사진을 찍으려 카메라를 들었더니 다시 비가 내리기 시작합니다.

아침부터 차 안에 앉아 차창을 때리는 비를 바라보고 있습니다. 창에 맺히고 흐르는 빗방울을 마냥 들여다봅니다. 비를 쳐다보는 일 말고는 딱히 할 일이 없습니다. 오래 뚫어져라 바라보고 있으니 이런 상황이 꼭 예정돼 있던, 제 삶에서 필연적 순간이라는 생각이 듭니다.

빗방울들이 주위의 자연을 품은 채 별이 되어 반짝입니다. 무수한 별이 새로 생겨나고 사라집니다. 물방울이 부풀고 차창을 타고 흐를 땐 긴 꼬리를 끌며 떨어지는 유성우가 됩니다. 유성의 비고, 비의 유성입니다. 작은 창에서 엄청난 규모의 별들의 축제가 벌어지고 있습니다. 땅에서 오른 수증기가 다시 떨어져 내리는 이 경이로운 순환에서 우주를 연결 짓는 것은 진부할지언정 자연스러운 일이기도 합니다.

차 안에서 별의 축제를 찍습니다. 셔터 스피드를 올렸다 내렸다 하며 차창에 맺힌 빗방울을 이렇게 저렇게 담습니다. 질서와 리듬이 포착됩니다. 그게 그거 같은 비슷한 반복이지만 단 한 장도 같은 사진을 찍을 수 없습니다. 우리네 삶도 그러하지 않습니까.

신문에 쓰지 않는 이런 부류의 사진이 좋아집니다. 차 안에서 지금

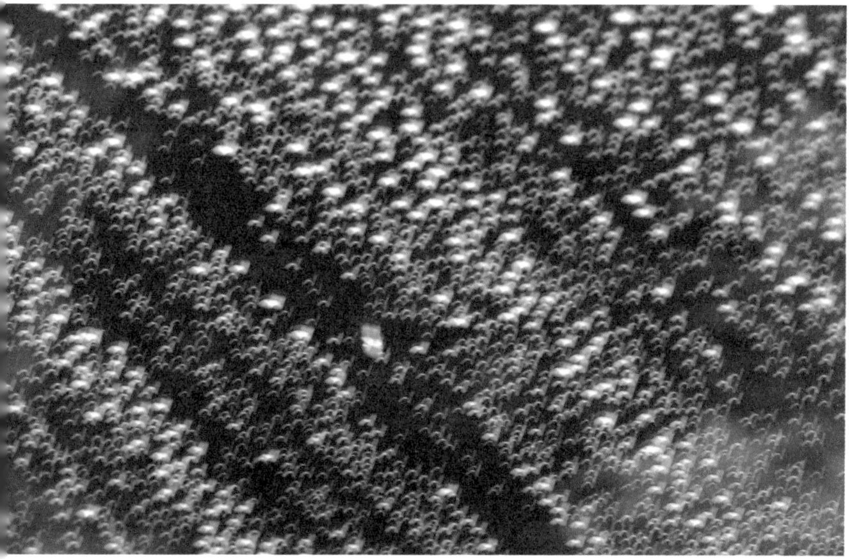

이 글을 끼적이는 동안에도 창밖의 비는 그칠 줄 모르고, 희한하게도 영혼이 맑아지는 것 같습니다.

문득 '깊은 심심함'이라는 구절이 떠올랐습니다. 발터 베냐민은 이를 정신적 이완의 정점이라고 했다지요. 심심함을 견디며 깊이 멍때리는 지금 이 시간이 참 편안하고 좋습니다.

렌즈 너머 보이는 눈동자

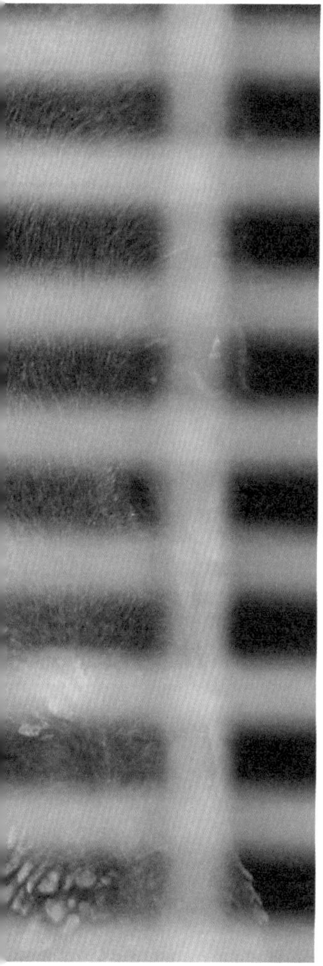

야생동물의 눈동자를 가만히 들여다본 적이 있습니까?

지리산 아래 자리 잡은 야생동물의료센터에서 만난 야생동물들은 산과 들과 강에서 상처를 입었습니다. 마을 주민이나 행인의 신고로 구조됐고 센터에 와서 치료와 재활을 받고 있습니다.

상처와 상태도 달랐습니다. 앞발을 크게 다친 반달곰, 골반이 골절된 야생 너구리, 날개가 부러진 청호반새, 어미 잃은 새끼 수달, 재활 비행 훈련을 막 시작한 붉은배새매, 더 이상 날 수 없는 독수리, 쌍둥이 형을 잃고 홀로 남겨진 오소리 등 센터에 머물고 있는 동물들에게는 각기 다른 사연이 있었습니다.

카메라 파인더를 통해 동물들의 눈을 응시합니다. 사람을 찍을 때와 마찬가지로 동물 사진 역시 눈동자에 초점을 맞춥니다. 동물이 움직이는 동안에도 저의 눈은 이 피사

체의 눈을 따라갈 수밖에 없습니다. 그렇게 찍힌 사진을 골라낼 때 다시 한번 그 눈동자들과 마주하게 됩니다. 눈이 선명하게 포착된 사진을 선택합니다. 눈동자가 또렷한 사진이 그렇지 못한 사진보다 훨씬 더 힘이 있습니다. 야생동물 사진 한 장을 얻기 위해 수차례 그 눈을 뚫어지게 들여다보게 되는 당연한 사실을 새롭게 깨닫습니다.

사진 속 야생동물들의 눈동자마다 고통과 두려움이 어른거렸습니다. 철없는 아기 수달만이 호기심 가득한 눈동자를 반짝였습니다. 모든 야생종들의 눈동자 깊숙이 읽히는 것은 슬픔이었습니다. 그건 어디에서 오는 것일까. 치료와 재활 후에도 야성을 회복하지 못하고, 결국 자연으로 돌아갈 수 없을지도 모른다는 본능적 불안이 깊은 슬픔의 정체가 아닐까, 짐작해 봅니다.

부상자 대역 마네킹

사진을 찍다 보면 무언가 느닷없이 가슴을 치고 들어올 때가 있습니다. 그것은 여러 상념들과 연결되고 뒤섞이다가 다른 이야기가 되어 버리기도 합니다.

소방기술경연대회를 취재하러 갔다가 경기 소품으로 동원된 '마네

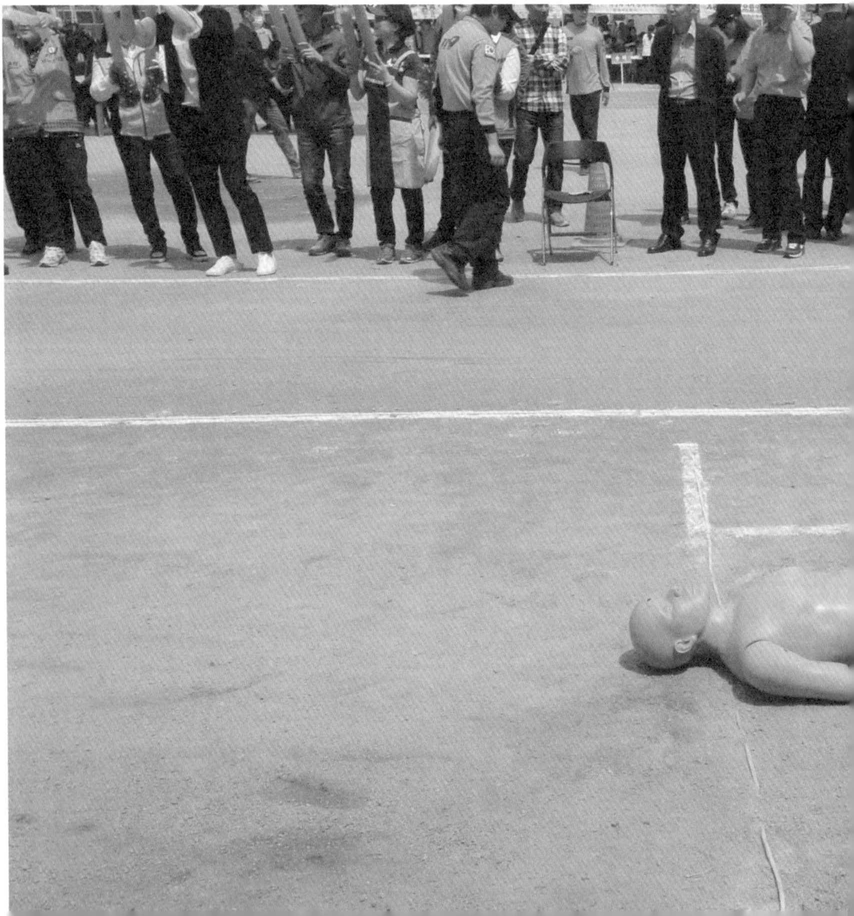

킹'이 그렇게 '훅~' 하고 들어왔습니다. 부상자의 대역을 맡은 묵직한 마네킹입니다. 대회 참가자들은 흙바닥에 무기력하게 누워 있는 마네킹을 안은 채 질질 끌고 지정된 장소까지 달려가서 버리듯 내려놓고 다음 미션을 수행했습니다.

실제 사고 현장의 부상자였다면 그리했을 리 없겠지만, 시간을 측정해 순위를 정하다 보니 사람 대역 마네킹은 패대기칠 대상일 수밖

에요. 마네킹을 흙먼지 속에 팔다리가 아무렇게나 돌아가 꼬였습니다. 진행 요원들이 다시 끌어다 출발 지점으로 가져다 놓기를 반복했습니다.

마네킹의 움직임을 관찰했습니다. 사람 형상을 하고 있어서일까요. '참 고생이네.' 안쓰러웠습니다. 마네킹을 향해 부지런히 셔터를 눌렀습니다. 이같은 충동은 어디에서 비롯된 것일까. '내 안의 무엇이며, 그것의 투영인가.' 불 꺼진 쇼윈도의 마네킹을 작업으로 찍는다는 어느 사진가 생각도 났고, 자동차 사고 실험에 동원된 '더미'에 주목했던 H 일보의 기획기사도 스쳤습니다. 서둘러 찾아온 폭염이 충동의 이유였을까요.

가만 보니, 이 인간 대행 인형에 눈을 그려 넣지 않았습니다. 다행입니다. 이 서럽고 처절한 역의 마네킹과 시선을 마주치지 않아도 되기 때문입니다.

우리 동네 사진전

동네에 있는 작은 북카페에서 '책 읽는 풍경'이라는 사진전을 열었습니다. 북카페에서 책 읽고 봉사하는 이웃들이 '책시장'과 함께 기획한 행사입니다. 본행사는 책시장이지만 부대행사인 사진 찍기가 가능한 날로 행사일이 정해졌습니다. 쉬는 날에는 카메라를 들지 않으리라는 나름의 소신을 접고, 반쯤 강제로 동원이 됐습니다.

북카페를 이용하는 이웃들의 즉석 사진 신청을 받아 사진 촬영을 했습니다. 한 가족이 찍기도 하고 단짝 친구들이 포즈를 취하기도 했습니다. 책을 소품 삼아 들고 제가 정해 준 자리에 섭니다. 휴대폰 사진에 익숙한 이들에게 크고 묵직한 선수용 카메라는 작은 긴장을 유발하기도 했습니다.

"앉으세요." "기대세요." "서로 바라보세요." "책을 좀 들어요." "활짝 웃어요." "아이를 보세요." "아이를 쓰다듬어요." "어깨에 손을 살짝 올려 보세요." "앞을 보세요."

사진사의 수다스럽고 정신없는 요구를 따라 하다 웃음이 터집니다. 좀 더 자연스럽게 찍히도록 하는 과정이지만, 사진사의 '오버'는 날마다 오지 않는 드문 이벤트의 양념입니다. 촬영 대기자도, 구경하는 이들도 재밌어야 하지 않겠습니까.

"결혼 이후 이런 사진은 처음 찍어요." 어떤 부부에게는 아주 특별한 선물이 되기도 했습니다.

이날 찍은 사진은 인화한 뒤에 일주일 동안 북카페에서 전시를 했습니다. 사진 속 주인공들에게 전시했던 사진을 액자에 넣어 전달하는 것으로 사진전은 마무리됐습니다.

받아 든 사진을 들고 '어디에 둘까' 하고 사소한 고민에 빠져들 이웃들을 상상하니 즐겁습니다. 어느 봄날의 좋은 추억이 됐으면 합니다. '추억'과 '인화된 사진'은 분리될 수 없지요.

찍는 이와 찍히는 이가 같이 웃으며 행복해질 수 있다면 그런 사진이 가장 아름다운 사진이며, 그곳이 제일 근사한 사진 현장이 아닐까요. 떠밀려 하게 된 동네의 '작은 사진전'이 저에게는 큰 보람이었습니다.

토요일 오후
책 읽는 마을카페 풍경
도서관 친구들 사진전
5월 28일(월)~6월 2일(금)
※ 지난달 4월 29일 토요일
북카페 풍경입니다
찍은이 : 강윤중(경향신문)

쓰지 못한 사진이 하는 말

벽에 새겨진 부조가 말을 걸어옵니다.

주상복합아파트 내부 'ㅁ'자 중정 위로 솟은 두 벽면을 차지하고 있는 부조입니다. 50년 전 서울 한가운데 지은 유명한 건물이라, 이름난 작가의 작품일 거라 생각했습니다. 아니었습니다. 이 부조는 건물 벽에 시멘트를 바르던 미장이의 솜씨였습니다. 그가 누군지도 모르고, 그를 찾아보려 했지만 찾을 수도 없었다는 얘기를 상가 관계자로부터 들었습니다.

무명의 미장이가 남긴 50년 된 부조 작품이라. 알려진 작가의 것이었다면 그저 고개를 끄덕이고 말았을 텐데 이름 없는 미장 노동자가 남겼다는 사실에 울림이 커졌습니다. 사진 다큐를 진행하다가 만나게 된 이 장면을 메인 사진으로 쓰고 싶었습니다. 글도 이 부조에 대한 설명과 감상으로 시작하리라 마음먹었습니다. 세월이 켜켜이 쌓인 건물 곳곳에서 이러한 무명인들의 잔잔한 흔적을 찾아내고 이야기를 모을 수 있으리라 기대했습니다. 하지만 결국에는 밝힐 수 없는 이유로 지면에 쓰지는 못했습니다.

여하튼 부조는 반세기 동안 아파트의 벽으로 서서, 보고 들었던 이야기를 전해 주는 것 같습니다. 건설 노동자인 '미장이' 작가가 궁금했습니다. '안 해도 그만인 일에 왜 굳이 시

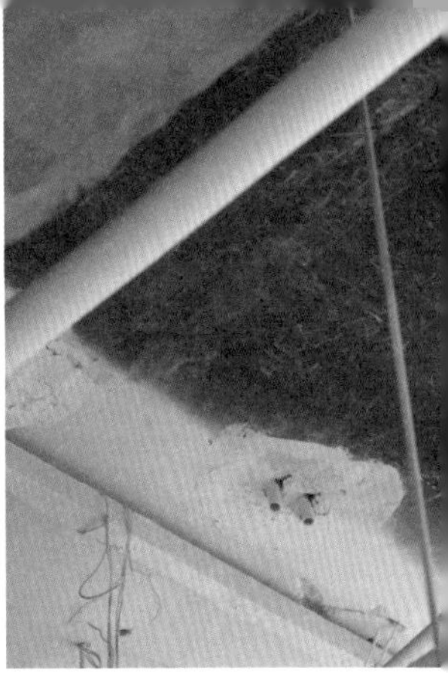

간과 정성을 들였을까' '좌절된 꿈이었을까' '가난한 작가였을까' '그런 행위가 고된 일에 위로가 되었을까' '두 벽면에 마주 보게 새긴 그림엔 어떤 연관과 이야기가 들었을까' '저 안에 자신의 형상이나 이름 같은 것을 숨은 그림처럼 새겨 놓지는 않았을까' 궁금증이 꼬리를 뭅니다.

'그나저나 그는 지금 살아 있을까.'

'어쩌면 이 부조가 가장 잘 보이는 곳에 살며 매일 흐뭇하게 바라보고 있을지도 몰라.' 상상은 무명의 미장이가 세월이 흘러 아파트 입주민이 되었다는 데까지 이르렀습니다. 입담 좋은 소설가가 이 한 장의 부조 사진을 본다면 근사한 장편소설 하나를 써 내려갔을지도 모를 일입니다.

아파트 아래 상가에 있는 공유사무실에서 마음을 두드리는 또 한 장면을 만났습니다. 천장을 가로로 받치고 있는 보에 적힌 낙서 글이었습니다. 지난해 리모델링 공사 과정에 천장을 높이면서 기존의 낮은 천장을 걷어 내자 수십 년간 숨겨져 있던 글씨가 드러났습니다. 당

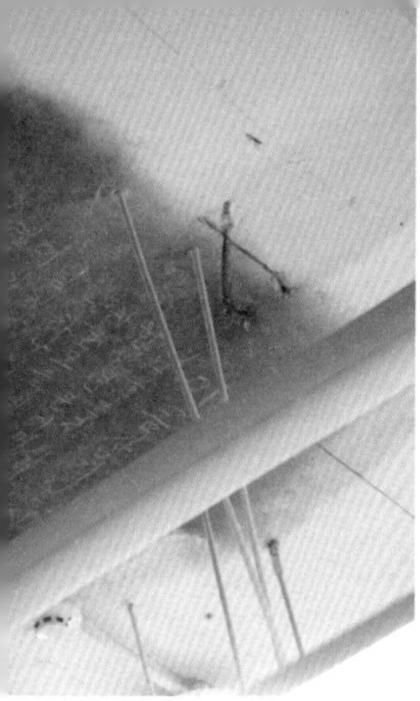

시 배관이나 전기 공사를 하던 젊은 노동자들이 공사에 썼던 하얀 분필로 끼적인 글입니다. 삶에 대한 한탄이, 사랑에 대한 두근거림이 두서없이 써 있었습니다. 눈에 띄지 않는 비밀스러운 작업 공간에 자신만의 감정을 새기던 젊은 노동자들의 모습을 그려 봤습니다.

누구에게 보여 줄 일 없이 천장 속에 묻힐 낙서가 세월이 흐른 뒤 극적으로 드러나는 상황 자체가 매력적인 서사가 됐습니다. 공사하다 발견된 이것을 그대로 남겨 두기로 한 것도 센스있는 결정이었고요. 어쩌면 아무것도 아니었을 것을 소소한 감동으로 바꿔 내는 것이 세월의 힘, 시간의 능력인 것 같습니다.

'이런 이야기와 감동을 온전히 담아낼 수 있을까.' 저 자신에게 던져 보는 질문입니다. 질문 앞에서 그저 셔터를 누르는 것만이 사진기자인 제가 할 수 있는 일이겠지요. 글 쓰는 작가라면 시나 소설을, 감독이라면 영화를, 음악가라면 곡과 연주를, 화가라면 그림으로 이러한 질문을 마주했을 테지요.

드론에 욕해 봤나

채 2분도 안 되는 시간이었습니다. 극도의 긴장과 스트레스에 심장이 쪼그라들고 피가 1리터쯤 말랐을 겁니다.

녹조를 찍기 위해 큰 호수 위에서 드론을 띄웠습니다. 높이 띄워 멀리까지 보냈습니다. 두세 컷쯤 사진을 찍었는데 배터리가 부족하다는 사인이 떴습니다. 조종기에 연결한 휴대폰 화면이 번쩍이며 경고를 합니다. 등줄기에 식은땀이 흘렀습니다. 시험 삼아 드론을 몇 차례 띄웠다는 사실을 잊은 채 다시 날렸던 것이지요. "홈버튼을 누르면 된다"는 말도 그 순간에는 기억나지 않았습니다.

아득하게 보이는 드론은 '속 좀 터져 봐라'라는 속도로 비행을 했습니다. 마음은 점점 조급해져 갑니다. 마지막이라는 듯 경고음이 경박하게 울릴 때도 드론은 여전히 멀었습니다. 곧 터져 버리기라도 할 것 같은 긴박함을 이 기계가 가진 모든 수단을 동원해 알리고 있는 듯했습니다. 조종기를 쥔 손바닥에는 땀이 흥건히 배고 레버를 당기는 손가락에는 힘이 잔뜩 들어갔습니다. 레버를 세게 당기면 더 빨리 내려올 것처럼 말이지요.

가까워졌으나 드론은 여전히 물 위 높은 곳에 있었고 잔여 배터리 수치는 바닥을 치고 있었습니다.

'아, 대청호에 수장시키는구나.'

수장 이후 상황에 대해 재빨리 계산을 했습니다. 마음은 이미 포기했는데 손가락엔 어떻게든 힘을 주고 있었습니다. 드론이 호수에서 극적으로 벗어나자 부서진 기체라도 수습은 할 수 있겠다 싶었습니다. 곧 시동이 꺼지고 드론이 추락했습니다. 호숫가로 내려가는 길을 미친 듯이 뛰었습니다. 기계는 옥수수밭에 배를 드러내고 누워 있었습니다.

배터리를 갈아 끼고 작동해 보니 다행히 뜹니다. 놀란 가슴을 쓸었습니다. 옥수수 이파리가 충격을 흡수했던 모양입니다. 갑자기 허기가 찾아들었습니다.

이 드론은 몇 달 전 비행이 안 돼서 서비스센터에 맡겨 홍콩까지 가서 수리를 받고 돌아왔습니다. 수리한 드론을 이날 처음 들고나왔고 녹색의 호수에 수장시킬 뻔했습니다. 드론이 처음 회사로 들어오던 날 "버드아이" "새로운 시선" 운운하며 뭐든 다 해결해 줄 만능 기기처럼 예찬하기도 했었습니다.

이날 만정이 다 떨어졌습니다. 저는 드론을 조종했고, 이 기계는 저를 조롱했습니다. 화가 치밀어 드론에 대고 욕을 했습니다. 이후 드론이 안전하게 발 앞에 내려앉을 때면 고마움까지 느끼게 됐습니다. '하~ 드론이 뭐라고….'

어느 존경하는 선배의 말씀이 귓전에 울립니다.

"위 사진도 좋지만, 아래 사진이나 제대로 좀 찍자."

혼자 하는 사진놀이

수년 전부터 혼자 즐길 수 있는 '사진놀이'를 시작했습니다. 놀이는 일명 '남산타워를 찾아라'. '놀이'라고 강조하는 것은 사진작업은 아니기 때문입니다. 사진놀이와 사진작업의 차이를 굳이 설명하라면 고민과 정성의 산물이면 '작업'이라 할 것이고, 그런 것이 없거나 턱없이 부족하면 '놀이'라고 해야 한다는 게 제 생각입니다.

늘 보던 남산타워인데 어느 날 차창 너머에서 낯설고 생소해졌습니다. 끌리듯 카메라를 들어 셔터를 눌렀습니다. 무얼까. 이는 저의 여섯

살이나 일곱 살 때쯤의 기억 한 장면에 닿았습니다. 겨울 저녁이었습니다. 밖에서 놀다가 어두워졌고 엄마한테 혼날 게 걱정돼 골목을 빨리 걸어 집으로 향했습니다. 유난히 크고 둥글던 달이 저를 따라왔고 그게 무서워 뛰었습니다. 걸으면 걷는 속도로 뛰면 뛰는 속도로 쫓아오는 달이 어린 저는 정말 두려웠습니다.

어디서도 보이고 어딜 가든 따라붙는 남산타워가 그 옛날의 달을 닮았습니다. 쫓아온다는 이유로 시작한 놀이입니다만, 탐욕의 도시 서울을 상징하는 타워 역시 달에서 느낀 두려움과 맥을 같이하는 면이 있다고 생각했습니다. 취재차량에서 내리는 어떤 현장에서도 주위를 둘러보며 타워를 찾고 사진을 찍는 버릇이 생겼습니다. 그래야 할 것 같았습니다. 그렇게 저에겐 소소한 사진놀이가 되었습니다.

이 놀이는 해외에서도 이어졌습니다. 파리를 여행하면서도 서 있는 자리에서 '에펠탑'을 찾고 있는 저를 발견했습니다. 에펠탑은 제 안의 달이자, 또 다른 남산타워였습니다. '파리의 남산타워'가 가진 상징과 의미에 딱히 귀 기울일 필요는 없습니다. 사진의 성지인 곳에서 사진놀이를 한다는 것이 의미라면 의미일까요. 파리 시내를 대부분 걸어서 다녔습니다. 여행의 고단함을 달랠 수 있었던 괜찮은 사진놀이였습니다.

카메라들의 이별의식

새 카메라가 들어왔습니다. '생계의 도구'가 도착하자, 선후배들이 박스를 뜯어 카메라와 부속 장비를 꺼내 살펴보고 정리하느라 부산합니다. 반납된 카메라들이 한쪽에 쌓였습니다. 옛것이 돼 버린 카메라들이 새것들에게 자리를 내줍니다.

마감을 핑계로 저는 그 부산함의 대열에서 슬쩍 빠졌습니다. 다음 날부터 며칠간 외부 교육이 있어 새 카메라 박스를 뜯고 정리할 시간을 뒤로 미뤘습니다. 원래 새 물건은 좀 묵혔다 쓰는 버릇이 있기도 해 잘됐다 싶었습니다. 최종 반납일까지 시간을 끌게 됐습니다.

니콘 D4. 제 손에 들려 지난 5년의 시간을 새긴 카메라입니다. 저의 40대 전반을 온전히 함께했습니다. 취미가 아닌 먹고사는 일을 책임져 줬다는 새삼스러운 사실에 애틋한 마음이 듭니다. 일일이 열거할 수 없는 다양한 현장에서 저의 눈이 되었고, 시선을 드러내 주기도 했습니다. 특히 지난 5년은 감당할 수 없이 아팠던 '세월호 참사'와 벅찬 감동의 '촛불혁명'을 경험했습니다. 바로 이 카메라가 그 고통과 기쁨의 시간을 기록했습니다.

이제 떠나보내야 합니다. 중고상에 팔려 간 '나의 카메라'들은 어디로 흘러가 누구의 눈이 되어 어떤 시간을 새겨 갈지 궁금합니다. 막상 반납하려니 섭섭하네요. 기계도 정이 들게 마련입니다. 아니, 기계라기보다는 몸의 일부였으니 그 허전함이 크게 느껴졌습니다.

새로 들어온 녀석들은 '캐논 1DX mark2'와 '5D mark4'입니다. 아직 어색합니다. 며칠이 지나서 박스를 뜯어 꺼내고 정리를 했습니다. 앞으로 같이할 날들 동안 무엇을 기록하고 어떤 시간들이 그 안에 쌓여 갈까, 기대되고 또 설렙니다.

새 카메라에 어깨끈을 끼우다가 반납을 앞둔 카메라와 나란히 놓고 사진을 찍었습니다. 자리를 비켜 주고 이 신구 장비들에게 대화의 시간을 주면 어떨까, 상상합니다. 네 대의 카메라가 애니메이션 영화에서 깨어난 장난감처럼 "사실 재가 없어서 하는 말인데…" 하며 저의 뒷담화를 늘어놓을 것도 같습니다. 노련한 선배 카메라가 그동안 경험한 현장 이야기를 신참 카메라에게 들려주기도 하겠지요.

가는 카메라는 거스를 수 없는 지난 5년 세월을 싸서 떠나는 것 같습니다. 이제 이별하고 맞이할 시간입니다.

"고생했다. 잘 가라."

"반갑다. 잘해 보자."

에필로그

빛바랜 사진이 나에게 묻는다

Nikon

카메라를 넣어 두는 제 개인 사물함 앞에는 사진 한 장이 붙어 있습니다. 드물게 제가 찍힌 사진입니다. 이 사진은 2004년 겨울, 태백의 한 탄광의 갱도 입구에서 찍은 기념사진입니다. 사물함에 붙여 놓은 지 10년은 넘지 않았을까 싶습니다. 사물함을 무수히 열고 닫으면서도 가만히 들여다본 기억은 없습니다. 입사 후 사물함이 한 차례 바뀌었고, 편집국 리모델링 공사로 다른 공간으로 부서가 이동했다가 다시 돌아올 때에도 이 사진은 챙겨서 그 자리에 붙여 놓았습니다.

A4 용지에 컬러 인쇄한 사진인데 빛이 많이 바랬습니다. 세월이 한 장의 종이에도 고스란히 내려앉았습니다. 색이 빠져나가자 흑백사진처럼 보입니다. 옛 추억이나 오래된 기억은 꼭 흑백이어야 한다는 것처럼 말이지요. 그때 사진 속 상황을 그려 봅니다.

갱도의 끝인 막장까지 내려갔다 올라오던 참이었습니다. 갱도 입구 쪽에서 막 근무를 교대한 탄광 노동자들이 함께 걸어 나오는 사진을 '함부로' 찍다가 욕을 바가지로 얻어먹었습니다. 민망해진 저를 다독

이려고 했던지 직접 안내를 해 주셨던 탄광의 생산부장께서 어수선한 상황을 정리하고 제게 부탁을 하나 해 왔습니다.

"오랜 세월 광부로 밥벌이를 했는데 제대로 된 사진 한 장 없어요."

저를 안내하기 위해 복장을 착용한 그의 기념사진을 찍었습니다. 사진 몇 장을 찍자, 이번에는 저보고 갱도 앞에 서 보라고 했습니다. 제 카메라를 받아 든 생산부장은 제 사진을 몇 컷 찍어 주셨습니다. 어색했던 모양인지, 무엇을 위한 것인지 모를 주먹을 불끈 쥐었습니다. 이 사진은 당시 '싸이월드'의 프로필 사진으로 꽤 긴 시간 쓰이기도 했습니다.

사진 속의 저는 어렸네요. 호기심도 열정도 컸던 시절입니다. 사진을 사물함에 붙인 이유는 기억나지 않지만, 아마도 '초심'을 생각하지 않았을까요. 흔히 '초심, 초심' 말들을 하지만 그게 어떤 것이었는지 문장으로 떠오르지 않습니다. '열심히 하자'라는 모호한 다짐 아니었겠습니까. 연차가 늘어 가는 동안 저와 주변에서 초심을 들먹일 때가 많아졌는데 구체적인 내용도 없이 금세 공허한 말이 되어 공중에 흩어져 버리곤 합니다. '그땐 어렸고, 참 열심히 했고, 일은 재미있었지'라며 지금 변해 버린 저 자신을 인정하게 하는 단어로 남은 것 같습니다.

기자 생활이 중간 지점을 지나가고 있습니다. 서른 전후의 초심으로 돌아가기보다, 그간의 경험과 고민의 축적으로 지금 찍는 한 컷 한 컷에 충실해야겠다는 생각을 합니다. 초심이 아닌 '중심'이라 해 둘까요. 중의적으로 해석되는 단어지요.

'지금 나의 '중심'은 무엇일까?'

'그 중심 위에 하루하루 무엇을 더 쌓아 갈까?'

10년 후면 사진기자로서 '종심'을 얘기하겠지요. '어제보다 오늘이 조금은 더 나아졌으면 하는 나'를 다독이며 마지막까지 뚜벅뚜벅 걸어가야겠습니다.

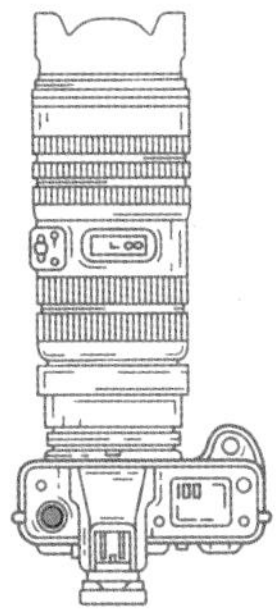